# Le jobard

ISBN : 2-84113-909-3

Michel Piquemal

# Le jobard

MILAN POCHE

# Prologue

Tout a commencé un après-midi d'avril…

– Cachez-vous et ne faites pas de bruit ! Jean-Luc et Pierre, dans la vieille bagnole… Michel, derrière le talus… toi, Mouloud, tu vas mettre les bouteilles en place !

– Tu crois qu'il va venir ?

– J'en suis sûr ; il vient ici tous les samedis, toujours à la même heure.

– Hé ! Brice, t'as pas peur qu'il soit armé ? Mon père dit qu'il est dangereux, qu'il tire sur tout ce qui bouge… À ce qu'il paraît qu'il a déjà fait de la taule pour avoir cassé la figure d'un flic…

– Il lui a pas cassé la figure, répliqua Philippe. Il lui a ouvert le ventre avec un rasoir. C'est le boucher qui me l'a raconté…

– Moi, si je vois qu'il a un flingue, je me taille ; j'ai pas envie de me faire canarder !

Tous les copains semblaient nerveux. Je les ai rassurés :

– Pas de danger ! Cela fait plusieurs samedis qu'on le surveille avec Michel. Il n'est jamais armé quand il vient aux « poubelles ».

– Chut ! dit Moustique. J'entends une mobylette !

– Tu peux voir la couleur ?

– Bleue, avec un cageot derrière…

– C'est lui, c'est le Jobard ; les gars, la ferme, il arrive ! Et c'est bien compris : personne ne le bombarde avant le signal !

La mobylette s'est engagée dans le petit chemin de terre, bordé de sacs plastique et de détritus. Mis à part le bruit du moteur, tout était silencieux. Chacun était à son poste, bien caché derrière des tas de sciure ou de vieux bidons métalliques.

Accroupi sous un rempart de poches poubelles dégoulinant de conserves et d'épluchures, je retenais mon souffle. Du plat de la main, je caressais nerveusement mon setter. C'est moi qui avais organisé l'expédition. Il fallait à tout prix que ça marche.

Le Jobard fit un rapide tour d'inspection du champ d'ordures et vint s'arrêter près du tas de bouteilles vides que nous avions mis en évidence. Il avait le sourire aux lèvres. Pour lui, toutes ces bouteilles étaient une aubaine. J'attendis qu'il enlève les tendeurs du cageot de son porte-bagages… puis je donnai une forte tape sur les fesses de Rex.

– Allez, mon chien, vas-y !

Rex se mit à courir vers le vieil homme, aboyant tant qu'il pouvait. C'était le signal. En poussant de grands cris, on est sortis de notre cachette pour bombarder le tas de bouteilles à coups de pierres. Bing ! Bang ! Ça pétait de partout !

Le vieux fou a eu un moment de surprise puis il nous a menacés en tendant le poing :

– C'est pas bientôt fini, bande de petits salopards ?

Et sans prendre garde aux cailloux qui pleuvaient, il s'est efforcé malgré tout de remplir son cageot. Sans succès. À peine attrapait-il un goulot qu'une pierre faisait éclater la bouteille entre ses mains.

– Allez-y, les gars, il ne doit pas en ramener une !

Nous avions bien prévu notre coup. Nous disposions d'une formidable réserve de pierres. Le vieux se trouvait sous un jet continu et il dut bientôt battre en retraite. Se protégeant tant bien que mal, il prit son cageot qui ne contenait plus que des éclats de verre et il s'éloigna en poussant sa mobylette.

– Hourra ! hurla Mouloud. Nous avons gagné !

– Si tu en veux des bouteilles, ajouta Jacques, tiens, attrape celle-là !

Et il lui jeta une canette qui alla s'éclater contre l'armature métallique du porte-bagages. Le vieux fou se retourna ; il paraissait furieux :

– Vous voulez la guerre ?... Attendez donc un peu !

Il attrapa un gros bâton, enjamba sa mobylette et nous fonça dessus en faisant de grands moulinets avec son bras.

Ça, c'était pas prévu au programme. Aussi, nous nous sommes prudemment mis à l'abri derrière une carcasse de fourgonnette. Le Jobard passa près de nous et frappa de toutes ses forces sur la carrosserie. Tout le champ d'ordures résonna sous la violence du choc. Mais le bâton se brisa net et il n'insista pas. Il fit un brusque demi-tour et repartit sur le chemin tandis qu'on l'accompagnait d'un jet de pierres.

Il ronchonnait entre ses dents :

– Si vous voulez la guerre, vous l'aurez !

Je réunis tous les copains sur un monticule de sacs poubelles.

– Nous avons gagné la bataille ! Mais ça n'a pas l'air de lui suffire. À partir de maintenant, entre nous et le Jobard, c'est la guerre ! Il la veut, il l'aura ! Rassemblement général, mercredi à dix heures dans notre cave !

Tous les copains me donnèrent de grandes bourrades sur l'épaule. Ils étaient fiers de moi : j'étais un vrai chef !

J'accompagnai Michel chez lui ; puis je rentrai seul à bicyclette, sans pédaler trop vite, pour que Rex puisse me suivre.

Malgré la réussite de notre expédition, je n'étais pas de bonne humeur. Je savais qu'il n'y aurait personne à la maison quand je rentrerais. Le samedi, maman ne quittait son service à la clinique que vers sept heures. Quant à papa, il y avait bien longtemps que personne ne l'attendait plus… Heureusement que j'avais Rex !

Je poussai mon vélo dans le couloir de l'immeuble.

– Hein, mon chien ! Pas vrai que j'ai du bol de t'avoir !

Rex me sauta dans les bras et me lécha le coin de l'œil.

– Allez, viens, on va goûter !

On a grimpé les escaliers à toute vitesse… Si vite que Rex en a renversé le panier à provisions de monsieur Dupuy.

– Il y a des coups de pied au cul qui se perdent ! cria le gros bonhomme en ramassant ses tomates.

Je me retournai pour lui faire une grimace et claquai la porte à faire trembler toute la cage d'escalier.

# 1

# À l'assaut de la tour de verre

Le dimanche matin, ma mère décida de faire le ménage en grand. Comme je savais qu'elle n'aimait pas trop que je reste dans ses pattes pendant qu'elle passait la serpillière, j'ai pris Rex et je suis sorti. Michel n'était pas chez lui. Ne sachant trop que faire, j'allai traîner du côté du terrain vague du Jobard.

C'était un grand champ en friche, clôturé de barbelés, et sans doute le seul terrain vague de toute la banlieue marseillaise. Les gens disaient qu'on lui en avait proposé beaucoup d'argent pour construire des immeubles, mais qu'il avait refusé. Preuve qu'il était cinglé. À sa place, j'aurais sans hésiter tout vendu pour acheter une vraie belle maison, avec une terrasse et un grand jardin.

La baraque qu'il habitait sur le terrain vague n'avait vraiment rien d'un palais. C'était juste un tas de briques nues, couvert d'un toit de tôles rouillées. Ça faisait râler les voisins qui trouvaient que c'était une honte dans un endroit pareil où le terrain valait si cher. Ils attendaient tous avec impatience le jour où on le ferait dégager.

Nous, les gamins, on n'avait rien contre sa baraque. Elle n'était pas plus moche que des blocs de béton de quinze étages. Ce qu'on lui reprochait, c'était son terrain vague, grand comme un terrain de foot. Pour une fois qu'il y avait un endroit où on aurait pu jouer… on n'avait pas le droit d'y aller. Les parents disaient qu'il ne fallait pas y rentrer car le Jobard nous flanquerait un coup de fusil ; et que personne ne pourrait rien dire puisqu'il était chez lui. Ils racontaient aussi que bientôt la mairie le ferait déguerpir pour nous construire un espace vert avec des toboggans et des balançoires.

Ce jour-là, les chiffonniers auraient du boulot. Le Jobard y avait amoncelé une quantité invraisemblable de vieux machins… Des trucs de récupération qui nous faisaient baver d'envie. Et au beau milieu du terrain, il y avait la tour de verre à laquelle il travaillait depuis quelques mois et qui devait être notre prochain objectif de guerre.

Je me cachai derrière une rangée d'arbustes pour l'espionner. Il avait fait un grand feu de bois dans un endroit dégagé de broussailles. Avec un bâton, il remuait le contenu d'une marmite géante posée sur un trépied.

Je n'avais jamais eu l'occasion de le voir d'aussi près. Il était plutôt petit, avec de grosses moustaches et un visage creusé de longues rides. Comme d'habitude, il portait son éternel béret d'où surgissaient des touffes de cheveux qui n'avaient pas souvent dû voir de peigne. Mal rasé, penché sur sa marmite, au milieu des étincelles et des spirales de fumée, il avait un air farouche qui faisait froid dans le dos.

L'odeur qui s'échappait de sa préparation était pestilentielle. Je compris bien vite pourquoi. Attrapant un grand sac, il en sortit une brassée d'os énormes qu'il jeta dans la marmite. Ce spectacle me fit frissonner et je restai un moment sans bouger. Qu'était-il en train de fabriquer ?

Je l'aurais bien observé plus longtemps, mais Rex se mit à aboyer et nous fit repérer.

Je filai vers les HLM. De toute façon, j'en avais assez vu. Ce type était dangereux. Il nous fallait sans tarder passer à l'attaque…

•

La cave 8 du bloc Alsace, c'était notre cave !

Elle appartenait en fait à un locataire qui n'habitait presque jamais à la cité et qui n'avait pas jugé bon de l'utiliser. Nous nous l'étions donc appropriée !

On avait essayé l'une après l'autre des dizaines et des dizaines de clés jusqu'à en trouver une qui ouvre. Puis, on était allés au rayon « clé-minute » d'une grande surface et on s'était fait faire un double pour chaque membre de la bande. Maintenant, la cave 8, c'était la nôtre !

Nous l'avions aménagée avec de vieux sièges de voitures récupérés à la « décharge » et décorée de posters de chanteurs. C'était un endroit à nous où on se sentait bien. J'y venais souvent lorsque ça ne tournait pas trop rond dans ma tête.

Le seul problème était l'électricité. L'interrupteur ne fonctionnait pas et il fallait se débrouiller avec des bougies. Cela dit, comme il y avait une église non loin des blocs, c'était vraiment pas difficile de se procurer de quoi s'éclairer. Nous avions toute une provision de grands cierges longs comme le bras dans un coffre. Et l'éclairage à la bougie rendait notre cave encore plus super.

Le mercredi suivant, à dix heures précises, toute notre bande était là, assise autour de moi sur les vieux fauteuils éventrés.

– Il manque personne ?

– Si, Philippe est resté chez lui. Soi-disant qu'il est puni !

– Tant mieux, on n'a pas besoin de trouillards... Samedi, le Jobard nous a déclaré la guerre. Il nous a foncé dessus, armé d'un bâton ; nous devons nous venger... Les parents passent leur temps à dire que ce type est fou, que c'est un danger et qu'on devrait l'enfermer, mais ils ne font jamais rien. C'est donc à nous de passer à l'attaque. Les sorciers ne nous font pas peur. Avec Michel, on a rassemblé une centaine de gros boulons...

– Des boulons ? !

– Ouais... et faudra faire ce que je dis ! Ceux qui veulent se dégonfler, qu'ils rentrent chez eux ! Nous, on va aller dans son terrain vague et on lui canardera ses foutues bouteilles.

– Brice, tu sais bien qu'il y a un gros cadenas. On peut pas y rentrer dans son jardin.

– On rentrera quand même ; j'ai amené une pince coupante. Assez discuté ! Jean-Luc, tu as pensé au pinard ?

– Oui, j'en ai piqué deux bouteilles dans la cave de mon père… C'est du rosé, on va se régaler.

On a tendu nos verres et Jean-Luc nous les a remplis à demi. En faisant un peu la grimace, on les a vidés cul sec. Si vite que Michel s'est étouffé, déclenchant une formidable crise de fou rire. C'était un rite de notre bande : à chaque occasion importante, on buvait un coup pour se donner du courage.

J'ai pris le grand sac et j'ai distribué dix boulons à chacun.

– Maintenant, on y va. Mais pas tous ensemble. Vous, vous passez entre les blocs. Nous cinq, on fait le grand tour. On se rejoindra là-bas.

Dix minutes plus tard, nous étions tous embusqués derrière un talus qui bordait son jardin. C'était moi le chef du commando. Depuis le week-end, je ne pensais plus qu'à ça et j'avais tout prévu au quart de poil. Je voulais que tout se passe avec la précision des grandes attaques militaires. Malheureusement, il y avait dans la bande pas mal de pétochards… et je devais sans cesse m'imposer.

– Jean-Luc, prends la pince coupante ; va t'occuper du cadenas !

– Pourquoi moi ?

– Ne discute pas : t'es le plus costaud ! Allez, grouille… et siffle quand tu as fini.

– Dis, Brice, tu crois pas qu'on exagère de rentrer dans son jardin et de lui casser ses bouteilles ?

– La guerre, c'est la guerre ! Si tu veux rentrer chez ta maman, mon petit Jacques, personne ne te retient !

– J'ai pas…

– Chut, écoutez ! Jean-Luc a sifflé… Allez, prenez les boulons, on y va. Comme d'habitude, on attaque au signal. Rex, tu nous suis, mais t'aboies pas tant que je te le dis pas !

En file indienne, on a passé le portail pour pénétrer dans le terrain vague. Puis on s'est embusqués derrière une pile de bois, tout près de notre objectif. La fameuse tour, faite de centaines de bouteilles vides collées entre elles, n'avait pour le moment qu'un mètre cinquante de haut. Mais vue d'aussi près, elle formait déjà une construction impressionnante. Le soleil se reflétait contre ses parois, envoyant vers le ciel des milliers d'éclats de feu. À mes côtés, Michel paraissait comme fasciné et ouvrait une grande bouche toute ronde.

Je m'approchai de quelques mètres. Le Jobard était devant sa maison en train de réparer sa mobylette. Il nous tournait le dos et ne pouvait pas nous voir. Je donnai une tape à Rex qui se mit à aboyer comme un forcené.

Aussitôt, une grêle de boulons s'abattit sur la tour de verre. La construction était si énorme qu'il était impossible de la rater. Il suffisait de bander sa fronde et de viser droit devant. Les bouteilles se crevaient avec un bruit sourd. Deux fois, trois fois, nous avons rechargé nos lance-pierres pour bombarder l'étrange édifice.

Notre plaisir s'arrêta là !

Le vieux, qui s'était mis à crier, rentra dans sa baraque et ressortit en brandissant un fusil. Il engagea une cartouche et tira en l'air. Je donnai le signal du repli, mais les copains ne m'avaient pas attendu. C'était à qui cavalerait le plus vite vers le portillon.

Je sortis le dernier, Rex aboyant sur mes talons, tandis que le vieux nous poursuivait en hurlant. Mais juste au moment où je passais le portail, j'entendis Rex couiner comme un pauvre diable. Je me retournai. Mon chien s'était pris la patte dans un rouleau de fils de fer barbelés dont il ne parvenait pas à se dépêtrer. Derrière moi, le Jobard ferma le portillon et Rex se retrouva prisonnier.

D'où j'étais, je voyais la pauvre bête essayer de se libérer ; mais elle ne parvenait qu'à se déchirer plus profondément. À chacun de ses efforts, le sang giclait de sa patte en une gerbe qui éclaboussait les buissons. Je cherchai les copains des yeux pour tenter de faire quelque chose mais il ne restait plus que Michel ; tous les autres étaient partis en courant. On s'approcha de la barrière.

Le Jobard était en train de dégager Rex des barbelés. Puis il prit le chien dans ses bras et l'emmena dans sa baraque. Pendant ce temps, le pauvre Rex n'arrêtait pas d'aboyer et de se débattre. Mais le Jobard le maintenait d'une poigne de fer.

Michel tourna vers moi de grands yeux affolés :

– Brice, on devrait aller chercher la police. Ce type est fou ; il va te découper ton chien en rondelles.

– Pas question ! Ni la police, ni les parents ne mettront le nez dans nos affaires ! C'est à nous de nous débrouiller. Viens !

À nouveau, nous avons pénétré dans le terrain vague et nous nous sommes cachés derrière la construction du vieux.

J'étais en nage. Le sang me battait dans la tête comme s'il voulait la faire exploser. J'avais beau continuer à jouer au dur devant Michel, je ne savais plus du tout quoi faire. Je me sentais prisonnier face à cette maison gardée par un type à moitié cinglé, armé d'un fusil de chasse. Pourtant, au bout d'un moment, l'idée de foncer vers la baraque pour reprendre mon chien devint irrésistible.

Je préférais risquer un coup de fusil plutôt que de rester là sans rien faire.

– Je vais y aller, Michel. Je peux pas laisser Rex là-dedans !

Michel se dressait pour me retenir par un pan de la chemise… quand soudain le vieux sortit de la baraque. Il enferma Rex dans son appentis, prit sa mobylette et partit tranquillement vers la ville.

Nous nous sommes regardés, aussi étonnés l'un que l'autre ; puis nous avons couru vers les bâtiments.

Cette fois, la chance était avec nous. Rex était vivant. Je l'entendais gémir doucement.

– Tiens bon, mon chien, on va te sortir de là.

Rex aboya joyeusement.

Je pris mon élan et m'efforçai de défoncer la porte d'un coup d'épaule… mais je ne réussis qu'à déchirer ma chemise. De rage, je donnai de grands coups de pied dans les planches de bois. La porte vibra mais ne céda pas.

De son côté, Michel avait compris qu'il ne fallait surtout pas s'affoler. Au lieu de s'acharner brutalement, il préféra faire travailler sa cervelle.

En fouillant dans les décombres, il réussit à mettre la main sur une barre de fer qui paraissait assez solide pour forcer le verrou.

Malheureusement, nous n'avons pas eu le temps de nous en servir. Déjà la mobylette revenait et il fallut se cacher…

Le vieux descendit. Habillé d'un pantalon de velours crasseux, le regard pointé vers ses chaussures, il me parut plus farouche encore que d'habitude. Il alla poser un paquet dans la maison. Puis il revint chercher Rex qu'il porta dans ses bras jusqu'à la bicoque.

Au moment de passer la porte, mon pauvre chien dut me sentir car il aboya désespérément en ma direction. Le Jobard se retourna. Un méchant éclair de colère au fond des yeux, il se mit alors à crier :

– Mais vous allez déguerpir, ou je vous plombe le cul, bande de voyous !

Une nouvelle fois, il nous fallut quitter le terrain vague en courant pour nous réfugier au bas d'un talus.

Michel commençait à désespérer :

– Il nous faut rentrer. Il doit être près de sept heures et nos parents vont commencer à se demander où on est. On ne peut rien faire tout seuls ; il faut prévenir la police.

– Je t'ai déjà dit que nos affaires étaient nos affaires. Les adultes doivent pas s'en mêler. Je vais passer chez moi et je raconterai à ma mère que tes parents m'ont invité à souper. Si tu veux pas me laisser tomber, fais comme moi ! On se retrouve ici dans une demi-heure.

Michel hésita quelques secondes puis donna un grand coup de pied dans un caillou.

– Ce que tu peux être têtu ! C'est bon, je marche ! Compte pas sur moi pour me dégonfler !

Je le bourrai de coups de poing. Ça, c'était un vrai copain.

Et je filai à toutes jambes en direction des blocs.

•

Une fois seul, l'angoisse me reprit. Je courus comme un fou. Puis je m'arrêtai pour pleurer contre un mur. Rex était mon seul ami. Je lui disais tout. Il me comprenait et me léchait le bout du nez lorsqu'il me sentait malheureux…

Je n'aurais jamais dû l'entraîner là-dedans. Je n'aurais jamais dû m'en prendre au Jobard. Après tout, il ne nous avait rien fait. Ces histoires de terrains étaient des histoires d'adultes. Je n'avais pas à m'en mêler. Mais j'avais voulu faire le mariolle comme toujours, et maintenant c'était Rex qui payait. Je me mordis la main jusqu'au sang… Si le vieux fou tuait Rex, je le tuerais aussi avant d'aller me jeter du haut d'une falaise.

À travers mes larmes, je voyais mon chien aboyer et me lécher le visage. Je le revoyais dans les mains de mon père, le jour de mes six ans, alors qu'il n'était encore qu'une boule de poils. « Tu voulais un chien, eh bien le voilà ! Mais attention, ce sera à toi de le soigner et de t'en occuper ! »

Mon petit Rex, je ne te laisserai pas. Je te délivrerai. Dès ce soir, je mettrai le feu à sa baraque et je l'obligerai à te relâcher. Plutôt que de griller, le vieux fou sera bien obligé d'ouvrir la porte…

J'imaginais la maison en flammes et Rex en train de trottiner vers le portail. Une patte amochée n'empêcherait pas mon setter de trotter. Je l'avais déjà vu galoper sur trois pattes.

Cette image me fit du bien et me donna le courage de reprendre ma course entre les blocs. Je devais faire vite. Le Jobard était peut-être en train de le torturer. Je rentrai dans l'immeuble et grimpai les escaliers quatre à quatre.

Avant même que je dise quoi que ce soit, ma mère remarqua mes yeux tout rouges :

– Mais qu'est-ce qu'il t'est arrivé ? Tu as pleuré ?

– Non, c'est cet imbécile de Jean-Luc qui m'a jeté une poignée de terre à la figure. Je me suis frotté ; ça m'a fait piquer les yeux.

– Vous avez vraiment des jeux idiots. Viens à la salle de bains, je vais t'y passer un peu d'eau.

J'eus beau rouspéter, je n'échappai pas au gant de toilette avant de pouvoir « filer chez Michel »...

– Sois bien poli avec ses parents. Et ne rentre pas trop tard. Pas plus de dix heures et demie.

J'allais enfin pouvoir m'éclipser lorsque quelqu'un sonna à la porte. Ma mère alla ouvrir et je reconnus la voix de notre voisine, madame Demeulier :

– Je l'ai trouvé qui aboyait devant l'entrée de l'immeuble...

Clopinant sur trois pattes, Rex traversa le salon et se jeta sur moi pour me lécher de la tête aux pieds. Je perdis l'équilibre et basculai sur le canapé où il continua à me faire fête. J'étais si heureux que je le serrai contre moi en pleurant comme une Madeleine.

Rex portait un bandage à la patte gauche ; mais, à voir la façon dont il se démenait, sa blessure ne devait pas être bien grave.

Ma mère entra dans le salon et vint s'asseoir près de nous sur le canapé. Elle me passa la main dans les cheveux :

– Alors, on t'a encore jeté du sable dans les yeux... Raconte-moi tout. Qu'est-ce qui s'est vraiment passé ?

J'enfouis ma tête contre sa poitrine, un peu parce que c'était bon et chaud, un peu parce que je n'osais pas lui mentir en la regardant.

– Cet après-midi, en nous baladant, on l'avait perdu. Je me faisais beaucoup de souci. Il a dû se faire accrocher par une voiture et quelqu'un l'aura soigné.

– Pose-le par terre qu'on le voie marcher… Il a l'air d'aller bien. Il boite un peu mais ça ne semble pas grave. Je me demande qui lui a fait ce pansement. Les bandes sont bien en place. Je n'aurais pas mieux fait…

Tout heureux de retrouver sa maison, Rex nous tournait autour en aboyant joyeusement. Ma mère me prit le visage dans les mains pour m'obliger à la regarder droit dans les yeux :

– Brice, pourquoi ne m'avais-tu rien dit ? Pourquoi ne me dis-tu jamais rien ? J'avais bien vu que quelque chose clochait. Promets-moi d'être plus bavard à l'avenir !

– Oui, maman.

– Allez, file ! Les parents de Michel vont t'attendre.

Un baiser sur la joue, un dernier câlin à Rex… et j'étais déjà au bas de l'escalier, en train de courir à nouveau.

•

La vie est vraiment un drôle de truc. Il n'y avait pas une heure, je faisais le même chemin. Je courais entre les blocs et j'étais le plus malheureux de la terre. J'avais envie de mordre, de crier, de pleurer. J'étais prêt à tuer. J'avais le cœur rempli de haine et de désespoir. Et maintenant, je débordais de joie. Je sifflais, je chantais. J'aurais même embrassé le Jobard si je l'avais croisé sur ma route.

Après tout, si ce type était fou, c'était son problème. Il suffisait de lui ficher la paix. Le coup de fusil, on se l'était sans doute un peu cherché ! Et, à voir la façon dont il avait soigné Rex, le vieil homme semblait aimer les bêtes ; et pour moi, les bêtes, c'est sacré !

En longeant une rangée de poubelles, j'aperçus deux goulots de bouteilles qui dépassaient. Cela me donna une idée. Je m'arrêtai pour les emporter puis je repris mon sprint vers le terrain vague.

Lorsqu'il me vit arriver, dansant, le sourire aux lèvres, Michel crut un moment que j'avais disjoncté.

Cela faisait près d'une demi-heure qu'il m'attendait. Il avait froid. Il se faisait du souci, se demandant ce que je pouvais bien fabriquer ; et il me voyait débouler tout pimpant…

Mais quand je lui eus expliqué que le Jobard avait soigné Rex et l'avait relâché… je lui coupai la chique pour de bon. Il resta près d'une minute à répéter :

– Alors là… Alors là… Alors là, mon vieux… j'en reviens pas ! Et il finit par dire en rigolant : Y'a pas à dire, ce type-là est vraiment cinglé !

– Sans doute qu'il est cinglé puisque tout le monde l'appelle le Jobard… mais ce qu'il a fait, ça mérite un coup de chapeau. Suis-moi !

•

Pour la troisième fois de la journée, on s'est glissés par effraction dans le terrain vague. Mais cette fois, c'était pour la bonne cause. On s'est approchés de la baraque. Sur une table, à la lueur d'une ampoule qui pendait au bout d'un fil, le vieux mesurait des tracés sur un plan. Il avait mis ses lunettes ; et s'il n'avait pas eu les joues mal rasées, on aurait pu le prendre pour un instituteur en train de préparer sa classe.

Nous ne nous sommes pas attardés. Nous avons laissé les bouteilles en évidence devant la porte et nous sommes rentrés nous coucher.

Cette nuit-là, j'autorisai Rex à venir s'allonger contre moi. Tant pis pour les poils sur la couverture ! Longtemps avant de m'endormir, je caressai son pelage tout chaud. J'avais du mal à trouver le sommeil. Le Jobard et ses bouteilles, ma mère et ses reproches, mon père tenant Rex dans ses bras… toutes ces images revenaient sans cesse dans ma tête. Et lorsque je m'endormis enfin, je rêvai de l'étrange construction en verre du vieux fou.

Je la voyais monter jusqu'aux nuages et se refléter au soleil comme un gigantesque arc-en-ciel.

# 2

## Opération bouteilles !

Le lendemain, j'eus un peu de mal à me lever et traînai au lit jusqu'à la dernière minute. Aussi, lorsque j'arrivai à l'école, c'était déjà l'heure de rentrer. Moi qui avais réfléchi à de beaux discours pour épater les copains, j'en fus pour mes frais. Et comme un ennui ne vient jamais seul, une désagréable surprise m'attendait dans la salle de classe : l'instituteur était accompagné de deux agents de police.

– Ces messieurs, nous dit-il, veulent vous interroger sur une affaire grave et je compte sur votre honnêteté pour dire la vérité.

Ça commençait plutôt mal !

Pour nous rassurer, il ajouta que « la police n'était pas là pour nous mettre en prison (tout le monde ricana, mais beaucoup riaient jaune) mais pour recueillir NOS TÉMOIGNAGES ! ».

L'un des agents nous regarda droit dans les yeux puis attaqua brutalement :

– Hier soir, à dix-neuf heures, nous avons enregistré une plainte du père d'un de vos camarades, monsieur Ferris…

Tous les regards se tournèrent vers Jacques qui était blanc comme un linge.

– … Celui-ci prétend que dans l'après-midi, le… « clochard » qui habite le grand terrain vague aurait tiré sur son fils avec un fusil de chasse. Selon ses dires, votre camarade Jacques Ferris était alors accompagné de… Il prit un papier et se mit à lire à voix forte comme s'il faisait l'appel : Jean-Luc Garcia, Michel Bonnet, Brice Bertrand, Stéphane Perrigot et Mouloud Fé-ra-ou-i… ainsi que de quelques autres dont il ignore le nom. Si l'un de vous a quelque chose à dire…

Je n'attendis pas une seconde de plus. Je me levai et tendis le bras.

– Comment t'appelles-tu ?

– Brice Bertrand. J'étais avec Jacques hier après-midi. Nous étions rentrés dans le terrain vague pour casser les bouteilles du Jobard… Le vieux est sorti avec un fusil de chasse et nous a menacés. Mais il n'a pas tiré !

– C'est vrai ! renchérit Michel. Il a crié, mais il n'a pas tiré.

Tous les copains nous regardaient sans rien y comprendre. Mais une bande est une bande, et personne ne dit mot.

– C'est bien ! reprit le policier. Je vous remercie pour votre franchise. Il se tourna alors vers le pauvre Jacques : Eh bien, mon garçon, pourquoi as-tu dit à ton père que le Jo…, que le… enfin qu'on vous avait tiré dessus ?

– Je l'ai vu sortir avec un fusil. J'ai eu peur. Je me suis enfui et j'ai bien cru l'entendre tirer.

– Bon, ce n'est pas grave ! Nous en resterons là pour le moment. Mais à l'avenir, fichez la paix à cet original. Avec lui, on ne sait jamais. Il pourrait fort bien vous tirer dessus pour de bon. Quant à toi, dit-il à Jacques en sortant, tu diras à ton père qu'il repasse nous voir au commissariat.

À l'heure de la récréation, on peut dire que ce fut ma fête. Jacques était furieux. Il m'accusa de l'avoir fait passer pour un froussard et un menteur devant le maître, la police… et ce soir devant ses parents…

Il cria qu'il quittait la bande et trois ou quatre de ses copains le suivirent.

Devant le reste du groupe, il me fallut m'expliquer :

– D'abord, nos affaires sont nos affaires. Jacques est un imbécile d'être allé tout raconter à ses parents…

Tout le monde hocha la tête.

– Ensuite, ce que vous ne savez pas, c'est que quand vous vous êtes tous enfuis comme des lâches, Rex est resté prisonnier, la patte prise dans des fers barbelés… et qu'au lieu de l'enfermer ou de le torturer, le Jobard l'a soigné et l'a relâché.

Tous les copains écarquillaient de grands yeux incrédules.

– Aussi, à partir de maintenant, c'est plus la guerre mais c'est l'armistice ! Avec Michel, on a notre petite idée sur ce qu'on va faire. Ça va être super ! Ceux qui font toujours partie de la bande, rendez-vous ce soir après la classe.

La sonnerie retentit et je les laissai à leurs interrogations.

•

La réunion de cinq heures ne fut pas vraiment une réussite. L'histoire de la police avait fait le tour du quartier et beaucoup de parents avaient « cuisiné » leurs enfants sur leur emploi du temps du mercredi. Les gifles et les punitions étaient tombées. Conclusion, la moitié de la bande manquait à l'appel. Fort heureusement, il restait les meilleurs : Michel, Jean-Luc, Mouloud, Pierre et Stéphane – que l'on surnommait Moustique.

Cependant, au moment de décider de la meilleure façon d'agir, personne n'était d'accord. Jean-Luc était d'avis de continuer car il n'avait pas digéré l'épisode du coup de fusil.

Il voulait mettre le feu à la baraque. Il n'avait pas de chien, lui, et ne pouvait pas comprendre mon attitude. Quant à Mouloud et Moustique, ils ne voulaient plus entendre parler du « vieux fou ».

– Je vais plus au terrain vague. J'ai pas envie de me faire plomber, répétait Mouloud, que le coup de feu avait refroidi.

Je dus me bagarrer pour leur expliquer qu'on ne pouvait pas finir une guerre comme ça :

– Il faut gagner ou faire la paix ! Pour le moment, c'est l'armistice. On va se montrer gentils avec le

Jobard. Tous les soirs, pendant au moins dix jours, l'un de nous ira lui porter deux bouteilles vides, en essayant de pas se faire voir.

Michel, qui était mon lieutenant, prit le relais :

– Il faut lui montrer qu'on regrette un peu ce qu'on a fait. Après, on verra suivant ce qu'il fera. S'il refuse, on choisira la solution de Jean-Luc. Mais en attendant, nous devons rassembler le plus de bouteilles vides possible. Ce sera notre trésor de guerre que nous entreposerons dans la cave.

Cette idée-là fut très bien accueillie. La tour de verre en avait impressionné plus d'un. Le jour où on l'avait bombardée, elle brillait au soleil comme un gigantesque diamant. On ne pouvait plus regarder une bouteille sans penser à ce que le Jobard en faisait. Tout le monde fut enthousiaste :

– Mon père en a plein sa cave, dit Jean-Luc dont le père buvait sec. Je les lui piquerai.

– Moi, chez moi, y en a une pleine étagère ; et puis, j'ai mon oncle Hassan qui tient un restaurant…

– On ira aussi trouver l'épicière ; elle en récupère qu'elle jette ensuite parce qu'elles ne sont pas consignées.

La réunion qui avait mal commencé se termina dans l'excitation la plus totale.

Le soir même, Pierre alla discrètement poser deux bouteilles devant le portillon. Le lendemain, ce serait le tour de Michel. Et si le Jobard n'avait pas sorti d'ici là son fameux fusil, Mouloud et Moustique se disaient prêts à prendre la suite.

•

Notre nouveau plan prit effet dès le lendemain. Moustique, le roi des baratineurs, fit la tournée des épiciers afin qu'ils nous mettent de côté les bouteilles non consignées. Pendant ce temps, Pierre et ses sœurs passaient dans les maisons pour faire la collecte. C'était la première fois que nous acceptions des filles dans une de nos opérations. Mais Michel avait pensé que, pour aller voir les gens, la présence de filles faisait beaucoup plus sérieux.

Officiellement, nous récupérions les bouteilles vides pour les vendre au profit de la coopérative scolaire. Avec les adultes, dès qu'on parle de l'école, ça passe tout de suite mieux.

Jean-Luc avait tenu ses promesses et avait ramené tous les cadavres de bouteilles qui traînaient dans la cave de son père. (À voir le nombre, on comprenait mieux pourquoi monsieur Garcia avait le nez si rouge.) Mouloud s'était entendu avec son oncle qui tenait le restaurant « El Oued » dans le centre-ville.

Les bouteilles affluaient de partout et je chargeai deux filles, Sylvie et Katia, du rangement et de la comptabilité. Katia était la matheuse de la classe. On pouvait lui faire confiance. Elle comptait plus vite qu'une calculette.

Jean-Luc rouspéta car cela voulait dire que les filles allaient rentrer dans notre cave ; mais je le laissai dire. Il n'était jamais content ; il râlait tout le temps mais c'était le plus chouette des copains.

Au bout de trois jours, Katia avait enregistré cinquante bouteilles sur son carnet ; à la fin de la semaine cent cinquante, et le mercredi d'après deux cent soixante-treize. C'était fantastique de voir toutes ces bouteilles s'empiler contre les cloisons de la cave au point de faire un véritable mur de verre. À la lueur des bougies, la cave se changeait en une grotte mystérieuse où scintillaient des rivières de diamants. Chaque bouteille était un vrai trésor. Pour se les procurer, on était prêts à toutes les épreuves, même à se battre s'il le fallait.

Les copains qui m'avaient lâché au début refirent petit à petit leur apparition ; chacun en apportant son casier de bouteilles pour ne pas être en reste. Rapidement, toute la bande se reconstitua. Seul, Jacques ne revint plus jamais car il ne m'avait pas pardonné de l'avoir contredit devant la police.

C'était le seul point noir. Car à part ça, la constitution d'un trésor de guerre soulevait l'enthousiasme de la bande. Chacun se creusait la tête et les idées fusaient de toutes parts.

Dans la cour de la cité HLM, Mouloud avait installé un vieux caddie de supermarché hors d'usage sur lequel était apposé un panneau :

METTEZ ICI VOS BOUTEILLES VIDES
MERCI

Cette combine fonctionnait à merveille. Les bouteilles nous arrivaient sans qu'on ait à lever le petit doigt. Dans le lot, il y en avait même qui étaient consignées et cela augmenta notre cassette.

Pour mettre notre trésor à l'abri, on fabriqua alors le coffre-fort de la bande : une boîte de métal encastrée dans le mur avec du ciment prompt (comme les vrais coffres-forts dans les films d'espionnage).

Nous nous sentions si riches que nous avions généreusement augmenté nos offres de paix au Jobard. Ce n'était plus deux bouteilles mais un carton de dix que nous lui portions tous les soirs vers sept heures. Si le vieil homme ne se montrait pas, il ne refusait pas pour autant nos cadeaux. Nous retrouvions chaque fois le carton vide de la veille posé près du portillon.

La collecte prenait des proportions gigantesques. Selon l'experte-comptable, elle rapportait en moyenne cinquante bouteilles par jour. Au bout de deux semaines, je décidai qu'il était temps de passer à la deuxième partie de notre plan. J'en parlai à Michel et on se mit d'accord pour fixer le jour J au mercredi 1er mai. On avertit la bande de se tenir prête mais, par amour du suspense, on garda notre projet « top secret » jusqu'à la date fatidique.

# 3

# La vraie nuit

La blessure de Rex s'était petit à petit refermée. Il ne portait plus de bandages et c'est à peine s'il clopinait lorsqu'il était fatigué. Tous les soirs, je l'emmenais faire un tour dans la cité pour qu'il se réhabitue bien à marcher et à courir.

C'était pour moi un bon prétexte. J'en profitais pour faire l'inspection des poubelles à la recherche de quelques canettes.

J'aimais bien marcher dans les rues, alors que la nuit commençait à tomber. Je m'imaginais que je m'étais enfui, que j'avais quitté ma maison pour toujours et que je venais d'arriver dans une ville inconnue, où personne ne me connaissait et où je ne connaissais personne.

J'avais débarqué du bateau et je me baladais seul dans les rues de New York. Je me tenais sur mes gardes car je pouvais à tout moment être attaqué par une bande de « black-malabars » super baraqués. Mais Rex était là. Il me défendrait, et à la fin de la bagarre, les « black » deviendraient mes amis. Ils me serviraient de gardes du corps et je serais le chef de gang le plus redouté de Brooklyn. J'aurais une belle femme qui serait danseuse dans une boîte de nuit et qui m'appellerait « baby ».

Puis un jour, je reviendrais dans la cité en grosse bagnole américaine. J'irais à l'appartement mais ma mère n'y serait plus. Elle serait morte quelques mois auparavant. J'en aurais un immense chagrin mais je ne verserais pas une larme. Je couvrirais sa tombe de fleurs puis j'irais revoir tous les gens que j'avais connus : la boulangère myope, Nacer l'épicier arabe, monsieur Legrand l'instituteur et nos voisins M. et Mme Dupuy qu'on surnommait les Bidochon. Tout le monde serait super étonné. Ils ne voudraient pas savoir d'où me venait tout ce fric mais ils me féliciteraient. Car l'important, c'est de réussir.

Ma balade me menait toujours jusqu'au terrain vague. Là, il n'y avait plus une seule lumière.

Quelqu'un avait déquillé les ampoules des lampadaires publics. Sans doute le Jobard, qui n'avait pas de volets aux fenêtres, et que tout cet éclairage devait gêner pour dormir. C'était la vraie nuit. Celle qu'on ne voit jamais lorsqu'on habite en ville. Celle qui fait peur et rassure à la fois.

Avec Rex, on arrêtait de faire du bruit ; et, en retenant notre souffle, on se baladait dans le terrain vague. S'il y avait un peu de lune, sa lueur se reflétait dans la tour de verre comme dans un puits. Les minutes devenaient magiques.

Silencieusement, je m'approchais de la maison du vieux. C'est dingue comme ce bonhomme pouvait m'intriguer. À cette heure de la soirée, il ne regardait pas la télé. Il était le plus souvent à sa table de travail en train de griffonner des plans avec un crayon et une règle. Parfois aussi, il lisait de vieux bouquins tout jaunis.

Ce type-là n'était pas fou. C'était sans doute un sorcier mais il n'était pas fou. J'aurais donné beaucoup pour savoir ce qu'il manigançait avec toutes ces paperasses ; mais les carreaux étaient si sales qu'on voyait tout flou.

Alors, je restais une dizaine de minutes à l'observer, assis devant la fenêtre éclairée comme devant un écran de télé. Puis, quand je parvenais enfin à détacher mes yeux de cette silhouette, je rentrais chez moi en courant.

Chaque soir, je me disais que ce n'était pas la peine d'y revenir puisque c'était toujours la même chose et que je n'apprenais rien de nouveau. Mais chaque soir, j'y revenais…

# 4

## Mercredi 1er mai, 10 heures

Y a pas à dire, les filles ont du goût et de l'idée. En quelques jours, les nôtres avaient trouvé plein de combines pour rendre notre cave plus agréable. Pour commencer, il n'était plus question de faire pipi dans le couloir. Même si on en avait très envie, on devait monter pisser dans les sapinettes. Ensuite, elles avaient fait des tas de décorations et s'étaient préoccupées du confort.

Désormais, chaque siège avait son petit coussin. Seul Jean-Luc refusa un temps de poser les fesses sur « un truc de minettes » ; jusqu'au jour où un ressort du fauteuil lui déchira le pantalon… l'obligeant à capituler.

Les quatre filles – Katia, Sylvie, Lou et Cécile – n'étaient pourtant pas encore des membres de la bande à part entière. Le jour J, il fut convenu qu'elles nous accompagneraient jusqu'au terrain vague – ça, on ne pouvait pas le leur refuser ! – mais qu'arrivées au portillon, elles rebrousseraient chemin. Je vis bien à l'air pincé de Lou que cela les vexait terriblement mais je restai inflexible. Comme disait Jean-Luc, c'était « trop dangereux pour elles ». Et puis, dans tous les films de guerre que j'avais vus autrefois avec mon père, il n'y avait jamais beaucoup de femmes. Elles étaient surtout là pour amuser la galerie !

Sous leurs regards muets de reproches, on s'est tous chargés d'un carton de dix bouteilles ; et en route pour la baraque. Nous étions dix. Dix fois dix font cent bouteilles. C'était le cadeau pour notre offre de paix. Cependant, comme nous n'étions sûrs de rien, nous avions aussi emporté dans nos poches frondes, pierres et boulons. On n'est jamais trop prudent.

Dans la rue, les adultes qui venaient acheter leur traditionnel muguet nous regardaient avec un brin de surprise. Il faut dire qu'on formait un drôle de cortège. Dix garçons en file indienne, portant des cageots sur la tête, suivis de quatre filles, les mains dans les poches… Ce n'était tout de même pas un spectacle ordinaire !

À pas de loup, nous avons passé le portillon et nous sommes rentrés dans le terrain vague. Le vieux était sur une échelle, occupé à la construction. Il ne remarqua pas notre entrée.

Lorsqu'il perçut le bruit des cageots que nous posions à terre, il se retourna en sursaut. Sans bouger de son échelle, il nous regarda un instant – quelques secondes sans doute, mais qui nous parurent des siècles. Nous avions tous la gorge nouée. C'était la première fois que la plupart des copains le voyaient d'aussi près. Pierre, Michel, Jean-Luc, Mouloud, Moustique… ils semblaient tous pétrifiés.

Soudain, le Jobard se frotta les mains, descendit de son perchoir et vint vers nous en souriant :

– Alors, c'est plus la guerre ?

Je le regardai dans les yeux…

– Non, c'est la paix ! On vous apporte des bouteilles pour remplacer celles qu'on a cassées.

En signe de bonne foi, je vidai mes poches des boulons et des cailloux qu'elles contenaient, imité aussitôt par tous les copains.

– Si c'est la paix, alors venez boire un canon. Ça fera un litron vide de plus.

Et sans attendre notre réponse, il prit le chemin de la baraque. Nous étions tous intimidés, comme un jour de rentrée scolaire où l'on se trouve face à un nouveau maître. Nous l'avons suivi sans dire un mot, en traînant un peu les pieds.

Il nous fit entrer dans sa bicoque, déboucha une vieille bouteille et nous servit un doigt de vin à chacun.

– C'est du grenache*, il est bon ! Mais buvez-le doucement, vous devez pas avoir l'habitude.

On s'est tous regardés en rigolant. Un quart de verre de vin ne nous faisait pas peur.

Tout en sirotant mon vin doux, je jetai un coup d'œil à la cuisine du vieil homme. Sûr que le ménage n'avait pas été fait depuis un bon bout de temps ! Il y avait des trucs qui traînaient un peu partout : de la vaisselle ébréchée, des drôles d'outils, des journaux déchirés, un moteur de mobylette, de vieux stylos… et sur tous les meubles, une épaisse couche de crasse. Mais ce qui m'étonna le plus, c'est qu'il n'y avait ni télévision ni radio. C'était la première fois que je voyais une maison sans télé.

Moustique, qui ne supportait pas le silence, engagea la conversation :

– Dites, monsieur, c'est quoi votre nom ?

– Pour tous, dans le coin, dit-il en riant, je suis le Jobard… mais j'ai aussi un nom de chrétien. Mon vrai nom, c'est Julien Trencavel… Pour vous, ce sera Julien.

– Dites, monsieur Julien, demanda Michel, votre tour de verre, on pourra la voir de près ?

– Si ça vous fait plaisir, finissez votre grenache et on y va !

Nous nous dépêchions de finir notre verre lorsque quelqu'un frappa à la porte. M. Julien, qui n'était pas habitué à de la visite, alla ouvrir d'un air soucieux.

– Eh bien, s'exclama-t-il en voyant les quatre filles, c'est bien la première fois que cette maison reçoit des demoiselles !

En guise de bonjour, Lou lui tendit un brin de muguet, enveloppé dans du papier cellophane. Le vieil homme jeta un coup d'œil à un calendrier crasseux punaisé contre une porte… et dit, sur un ton enjoué :

– C'est pourtant bien vrai qu'on est le 1er mai. À force de vivre comme un sauvage, on finit par oublier les jours et les mois.

Les filles lui firent un gentil sourire. Tout timide, tenant son béret dans ses mains, le Jobard s'approcha pour leur faire une bise. Puis il sortit dans la cour en reniflant comiquement le muguet. Tout le monde l'a suivi en riant de bon cœur. Décidément, ces filles étaient des phénomènes ! Elles n'en faisaient qu'à leur tête et avaient le chic pour nous faire tout gober.

On est revenus jusqu'à la construction de verre et M. Julien nous a fait faire le tour du propriétaire. Il paraissait très fier d'avoir de la visite.

– Vous pouvez monter sur les échelles, mais faites attention de pas vous casser la figure.

– On peut rentrer à l'intérieur ?

– Oui, vous risquez rien, c'est du solide.

Il y avait là des milliers de bouteilles, collées entre elles de manière à former une grande tour de verre de quatre mètres de diamètre. Les murs en étaient très épais : d'au moins cinquante centimètres. C'était déjà un ouvrage gigantesque, mais d'après ce que nous en dit M. Julien, il en était seulement au tiers de la construction. Il allait donc falloir encore des milliers de bouteilles.

Je songeai au trésor de verre que nous avions accumulé dans notre cave. Il paraissait bien dérisoire à côté de ce que nécessitait la tour.

– Dites, monsieur Julien, demanda Moustique, qu'est-ce que ce sera une fois terminé ?

– Ça, je ne vous le dis pas ; pour l'instant, c'est un secret. Je vous garantis tout de même que ça servira à quelque chose.

La question que posa ensuite Lou brûlait les lèvres de tous les garçons, mais aucun de nous n'avait osé la poser :

– On peut vous donner un coup de main ?

– Si vous voulez m'aider, je vous chasserai pas à coups de fusil, pour sûr ! Vous pouvez même commencer tout de suite si vous voulez !

J'ai regardé les copains. Ils ont tous hoché la tête.

– Ça marche, a dit Michel.

– Si ça marche pour vous, ça marche aussi pour moi ! a répondu M. Julien. Il en faudrait qui lavent les bouteilles dans le grand bac et d'autres qui les sèchent. Les filles, vous pourriez les « empéguer* » de colle et nous les faire passer par le goulot. Avec vous trois, on les assemblera pour continuer la tour ; elle doit encore monter de cinq mètres.

Moustique émit un sifflement admiratif :

– Wwhuiii ! Il va en falloir des litrons.

En quelques minutes, les équipes étaient organisées. Moustique et Michel occupaient déjà le sommet des échelles ; Jean-Luc leur lançait les canettes comme un jongleur de cirque tandis que les filles remuaient en riant la pâte épaisse du chaudron.

– Ça doit vous coûter une fortune toute cette colle, fit Sylvie.

– Ça ne me coûte rien du tout. C'est un mélange que j'ai inventé moi-même… Il y a de l'eau, des os bouillis réduits en poudre et de la résine. Mais, croyez-moi, pour coller, ça colle !

C'est ainsi qu'on passa notre premier mercredi après-midi chez le Jobard… qui devint rapidement pour tous M. Julien.

Au fond, la paix, ça pouvait être aussi marrant que la guerre !

# 5
# Les petits jobards

Le mercredi suivant fut une véritable fête. Toute la bande était là pour prêter main-forte à M. Julien. Pour commencer, on s'est fabriqué des échafaudages. La tour était déjà deux fois haute comme nous et les échelles ne suffisaient plus. On a donc fait rouler de gros bidons d'huile qu'on a disposés tout autour. Ensuite on les a recouverts d'une passerelle de planches et le travail proprement dit a pu commencer. Les uns enduisaient les bouteilles, les autres les collaient, fond contre fond, goulot contre goulot. Même Rex était de la partie. Je l'avais dressé à charrier les bouteilles dans sa gueule. Ce n'était pas encore tout à fait au point, car il les laissait tomber une fois sur deux, mais avec un peu d'entraînement, le dressage ne tarderait pas à porter ses fruits.

L'ambiance était du tonnerre. Moustique, pour être un abonné des colonies de vacances, connaissait des tas de chansons par cœur. À force de brailler, il finit par nous entraîner dans un pot-pourri ininterrompu des « tubes de l'été ». Mouloud, qui était un vrai clown, imitait le guitariste en grattant une planche de bois et on riait comme des tordus.

Il faisait un temps superbe et c'était un plaisir de travailler torse nu au soleil, de se mettre de la colle jusqu'aux oreilles et de s'asperger d'eau pour un oui ou pour un non.

Jamais je n'avais vu un tel enthousiasme pour un de nos projets. Mais en fin d'après-midi, Katia, qui avait toujours sa maudite machine à calculer en tête, vint semer le trouble dans nos esprits :

– J'ai fait mes comptes, nous dit-elle. Les murs de la tour ont huit bouteilles d'épaisseur et forment un cercle de plus de six mètres. Pour faire monter la tour d'une hauteur d'une bouteille, il faut en employer près de cinq cents. Sachant que nous devons encore monter de cinq mètres et qu'une bouteille fait trente centimètres de haut, il va nous falloir : (5 m : 30 cm) multiplié par 500 soit 8 330 bouteilles environ.

Le chiffre était impressionnant. Avec toute la bonne volonté du monde, jamais on n'arriverait à rassembler un tel trésor. Et on pouvait faire confiance à Katia. Moustique disait qu'elle était tombée dans une marmite de calculettes quand elle était petite. Tout le monde se regardait, la mine découragée. Le Jobard n'était qu'un rêveur !

– Je vais lui montrer mes comptes, fit Katia.

– À quoi bon ? ai-je répondu.

Mais on l'a tous suivie en cortège.

M. Julien était dans la baraque en train d'écraser des os de bœuf à coups de masse. Il s'essuya les doigts au pantalon, mit ses lunettes et examina attentivement le bout de papier. Puis il le rendit à Katia en éclatant de rire :

– C'est bigrement exact ! Mais viens un peu avec moi.

Il prit Katia par la main et l'emmena vers la baraque. Là, il ouvrit une pièce et nous montra ce qu'il a appelé « sa réserve ». Ce fut le choc ! Du sol au plafond, ce n'était qu'un empilement gigantesque de bouteilles poussiéreuses.

– Wouaahh ! dit Katia.

– C'est la caserne d'Ali Baba, ajouta Mouloud.

M. Julien nous fit un clin d'œil :

– Cela fait dix ans que j'y pense à ma tour. Depuis dix ans, j'en ai récupéré des milliers ! Pourtant, la « pitchounette » a raison : je sais qu'il va malgré tout nous en manquer. Mais je vous fais confiance ; vous me trouverez bien quelques centaines de bouteilles...

– Ça marche ! a dit Katia.

– Si ça marche pour vous, alors ça marche aussi pour moi ! a répété M. Julien en riant.

Et nous nous sommes séparés avec de nouveaux projets en tête. Désormais, en plus de la construction du mercredi, on ferait des opérations-bouteilles le samedi après-midi. On prendrait nos vélos pour aller en expédition dans les cités voisines ; car dans la nôtre, on commençait à avoir tout écumé.

•

Nos premiers objectifs furent les containers « RÉCUP-VERRE » que certaines mairies avaient installés sur les trottoirs. Lorsque nous en avions repéré un, nous opérions en « attaques-éclair », à la manière des commandos. Moustique grimpait sur les épaules de Jean-Luc. Il sortait les bouteilles du container tandis qu'on les entassait dans les cageots de nos porte-bagages. Les passants avaient juste le temps de s'apercevoir de notre manège que déjà nous filions à grands coups de pédales vers une autre cité.

Au bout de quelque temps, nous avions localisé une bonne douzaine de containers qui devinrent nos centres d'approvisionnement permanents. C'est dingue le nombre de canettes qu'on pouvait rapporter. Selon la calculette de service, il ne nous faudrait pas plus d'une dizaine de samedis pour régler définitivement la question des bouteilles. La tour de verre n'était pas un rêve impossible. Si nous le voulions vraiment, rien ne pourrait nous empêcher de la faire grimper en haut du ciel. Et pourtant…

Nous avions oublié un petit détail : les parents !

Alors qu'ils nous reprochaient sans cesse de rester enfermés devant la télé, ils trouvèrent malgré tout à redire à nos travaux en plein air. Comme disait Michel : « C'est vraiment à désespérer ! Ils ne sont jamais contents ! »

À les entendre, le Jobard n'attendait que la première occasion pour nous égorger. Ils ne le connaissaient pas, ne lui avaient jamais adressé la parole et avaient décidé que c'était un assassin. Simplement parce qu'il vivait comme un sauvage dans une cahute de clochard.

Un jour que je sonnais chez Jean-Luc, je l'entendis se disputer avec ses parents :

– Je t'interdis d'aller chez le Jobard, disait sa mère.

– Le Jobard, il a un nom ; il s'appelle M. Julien… et il n'est pas jobard du tout.

– Ne réponds pas à ta mère sinon tu vas prendre une claque, criait M. Garcia. Et arrête de nous chiper toutes les bouteilles vides qui traînent…

Jean-Luc ne répondit pas et vint me rejoindre en claquant violemment la porte. En ce qui le concernait, ce n'était pas un vrai problème. Son père hurlait pour un oui ou pour un non, ce qui ne l'empêchait pas de n'en faire qu'à sa tête.

Mais pour Pierre et Philippe, ce ne fut pas la même chanson. Leurs parents leur interdirent carrément de venir sur le chantier. Ils durent prendre mille précautions pour nous y rejoindre en cachette.

Ma mère aussi m'avait fait la leçon. Elle m'avait dit tout net que ça ne lui plaisait pas du tout. Quand j'étais seul dans ma chambre, je ronchonnais en donnant de grands coups de poing dans les murs. Qu'avait-elle d'autre à me proposer ? Elle n'était jamais là. Je ne pouvais tout de même pas passer ma vie à l'attendre en regardant la télé.

Pourtant, en fin de compte, l'opposition des parents ne fut pas une si mauvaise chose.

Au contraire ! Il fallait se cacher, inventer des prétextes, user de ruses de Sioux. On avait l'impression de faire quelque chose de défendu et ce n'en était que meilleur. Pour faire bisquer les adultes, je décidai même d'appeler notre bande « les petits jobards ».

Certains parents commencèrent à dire :

– Laissons-les faire ! Ça leur passera ! Vous savez comment sont les gosses ! Dans quinze jours, ils auront une nouvelle marotte et ils oublieront leurs fichues bouteilles.

Un mois plus tard, nous étions toujours aussi acharnés à notre projet et ils durent baisser les bras.

Il faut dire que M. Julien était un type formidable. Plus nous le connaissions, moins nous avions envie de laisser tomber. C'est vrai qu'il ne se lavait pas beaucoup, qu'il sentait un peu le bouc et que sa bicoque était une porcherie… C'est vrai qu'il était bourru, qu'il n'aimait pas les gens et vivait comme un homme des cavernes… Mais sous sa carapace, nous sentions bien qu'il avait un cœur d'or.

Avec nous, les gosses, il ne criait jamais et nous laissait toujours tout faire. Par exemple, lorsque les filles décidèrent que la tour serait plus jolie si elle était peinte, elles n'eurent même pas à lui demander son avis. Cécile, dont le père était peintre en bâtiments, ramena toute une série de fonds de pots. Katia prit du rouge, Sylvie du bleu, Lou du vert, Cécile du jaune… et devant le vieil homme émerveillé, elles se mirent à badigeonner les bouteilles. Avec lui, les choses étaient aussi simples que cela. Il nous comprenait vraiment.

Quand on en avait marre d'empiler des canettes et qu'on jouait à se jeter des seaux d'eau, il ne nous disait pas qu'on allait se salir, attraper froid et autres salades. Il s'asseyait sur une pierre et nous regardait en rigolant. Au fond, pour un adulte il était plutôt sympa.

# 6

# Seul au monde

Tous les mercredis, c'était la même chose. Tant que j'étais avec les copains, en train de bâtir la tour, ça allait super bien. Mais dès que je rentrais à la maison, j'avais un cafard du diable. J'étais seul jusqu'à sept heures et quart et ça me rendait dingue. Je savais bien qu'elle n'y était pour rien, qu'il lui fallait travailler pour gagner des sous, qu'elle avait une demi-heure de trajet en bus et qu'elle devait encore faire les courses avant de rentrer. Mais je trouvais ça injuste. Pourquoi on ne vivait pas comme les autres ? Pourquoi on n'était pas une vraie famille ? Pourquoi on ne partait jamais en week-end ?

Je serrai Rex contre moi. Pourquoi étais-je toujours seul ? Rex se mit à aboyer et trotta jusqu'à la porte d'entrée.

– Brice, viens m'aider ! j'ai laissé la moitié des commissions au bas de l'escalier. Cours vite les chercher…

Je descendis mollement les marches. Elle n'avait même pas pensé à me faire une bise.

Je me demandais parfois si elle m'aimait vraiment. Après tout, j'étais pour elle un vrai boulet ! Elle ne pouvait jamais sortir, jamais aller au cinéma. Je l'avais entendue dire un jour à Mme Demeulier qu'elle aurait bien aimé refaire sa vie, mais qu'il y avait le gosse… Le gosse, c'était moi ; et ça ne me plaisait pas du tout qu'elle me considère comme un fardeau. Encore quelques années et je partirais en Amérique. Comme ça, je ne la gênerais plus.

J'installai les provisions dans le frigo. Elle ne m'avait toujours pas embrassé.

En défaisant le paquet d'œufs, j'en écrasai un entre mes doigts.

– Fais attention à ce que tu fais, bon sang ! cria-t-elle. On dirait un gamin de trois ans.

Mince ! je ne l'avais pas fait exprès. Si elle était énervée, c'était pas ma faute.

– Brice, tu as vu ton pantalon ? Il est plein de taches blanches ! J'ai « fait une machine » hier. Je ne vais pas en faire tous les jours.

– C'est rien, c'est de la colle. Ça part avec de l'eau.

– Je t'ai déjà dit cent fois de faire attention à tes affaires. Tu es encore allé chez le Jobard… ?

– Oui !

– Je te l'avais interdit !

– T'as qu'à rester avec moi !

– Ne dis pas de bêtises. Tu sais bien que je travaille.

– Eh bien moi, j'en ai marre ! J'ai pas de père, j'ai pas de frère, j'ai pas de sœur. Je suis toujours seul. J'en ai ras le bol !

Je sentais les larmes me monter aux yeux… Pour ne pas qu'elle me voie pleurer, je pris la porte et dévalai les escaliers.

– Brice, où vas-tu ?

– …

– Reste ici !

– …

Je courus jusqu'au terrain vague et arrivai en larmes devant la tour de verre. Malgré l'heure tardive, le vieil homme était encore sur son échafaudage. Je me suis assis à ses côtés pour lui passer les bouteilles.

On a terminé un casier puis la nuit est tombée pour de bon. M. Julien a regardé le ciel et s'est frotté les mains :

– Bon, ça ira pour aujourd'hui !

Il a passé son bras sur mon épaule et je me suis serré contre lui. Du terrain vague, on n'entendait pas les bruits de la ville. À peu de choses près, on pouvait se croire seuls au monde. Il a allumé une cigarette et a fumé lentement en regardant les étoiles. J'ai senti ma colère disparaître, s'évanouir, monter vers le ciel avec les spirales de fumée.

Nous sommes restés longtemps serrés l'un contre l'autre sans dire un seul mot. Puis il m'a attrapé par la taille et m'a aidé à sauter de l'échafaudage. En me tenant par la main, il m'a raccompagné jusqu'au portillon.

Elle était là qui m'attendait… et nous avons pris en silence le chemin de la maison.

J'avais un peu honte de ce que j'avais fait. Je n'avais pas le droit de douter d'elle.

# 7

# Douche froide

Autant le mois de mai avait été ensoleillé, autant le mois de juin fut gris et pluvieux. Le mistral s'était levé et les bourrasques de vent portaient une pluie fine et pénétrante qui glaçait les os.

Le chantier n'avait plus cet air de fête des premiers mercredis. Nous pataugions dans la boue et les gouttes d'eau nous dégoulinaient désagréablement sur le visage. Ce n'était pas drôle de travailler ainsi au vent et à la pluie, trempés comme des soupes et frissonnants de froid. On aurait préféré rester bien au chaud à regarder des dessins animés devant la télé.

Certains proposèrent d'interrompre notre collaboration en attendant le retour du beau temps… mais je m'y opposai. Que penserait de nous M. Julien si nous l'abandonnions à la première difficulté ? C'était au contraire le moment de lui montrer que les « petits jobards » n'étaient pas des mauviettes, qu'ils avaient quelque chose dans le ventre.

Pour ne pas salir nos vêtements, il nous prêta de vieilles frusques, récupérées sans doute dans les poubelles : des pantalons trop longs, des chemises déchirées, de vieilles vestes depuis longtemps passées de mode. Ça nous donnait une « dégaine » de clochards qui nous faisait hurler de rire. À notre retour, ça nous évitait aussi de belles engueulades. Si nos parents avaient su qu'on continuait à travailler sous la pluie « au risque d'attraper une pneumonie »... ça aurait bardé pour nos matricules.

Le mauvais temps dura tout le mois de juin et il gêna considérablement l'avancée des travaux. La colle ayant besoin de sécher, il fallait immédiatement recouvrir de grandes toiles plastique les parties où nous venions de travailler. Mais le vent était si fort qu'il soulevait les bâches. Nous devions les lester avec des briques ou de grosses pierres ; ce qui n'empêchait pas toujours les bourrasques de les faire s'envoler. À plusieurs reprises, certaines parties furent à recommencer car la colle ne tenait plus à cause de l'humidité.

Quant aux travaux de peinture, les filles furent obligées de les interrompre pour les remettre à plus tard. Sylvie abandonna la partie. Mais Lou, Katia et Cécile vinrent quand même sur le chantier pour aider à bâtir la tour.

Leur présence fut capitale pour le moral. Car la plupart des garçons n'osaient pas montrer devant elles leur découragement. Seul, Philippe prétexta qu'il avait les bronches fragiles, qu'il ne devait pas s'enrhumer, et fit sauter deux mercredis sur trois. Les autres restèrent fidèles. Certains arrivaient plus tard ou repartaient plus tôt. Mais tous mettaient un point d'honneur à venir. Jean-Luc râlait du matin au soir contre cette saleté de flotte... Pourtant, pour rien au monde il n'aurait manqué un mercredi. Si les filles le faisaient, il pouvait le faire aussi.

La tour avançait doucettement. Nous avions dû faire une deuxième hauteur d'échafaudage à laquelle on accédait par une échelle. Avec la pluie et la gadoue qui collait aux semelles, ça devenait de l'acrobatie ; mais ça n'impressionnait ni Michel, ni Moustique, préposés pour un mois à la pose des bouteilles.

Chaque mercredi, Katia mesurait avant de partir les dizaines de centimètres qu'on avait durement gagnées. Le tout était de ne pas baisser les bras : les jours meilleurs finiraient bien par arriver. Mouloud continuait à débiter des cochonneries et Moustique à chanter. La force d'une bande, ce n'est pas quand tout est rose qu'on la voit, mais au contraire quand tout est contre vous. Pas de doute ! La nôtre commençait à tenir la route. Depuis le 1er mai, le travail sur le chantier nous avait bien soudés. Même si ça ne nous empêchait pas de nous disputer : pour une bouteille qui tardait à venir ou un « floc » de colle qui vous atterrissait sur les cheveux…

# 8

# Le secret dévoilé

Malgré notre amitié, le Jobard s'entourait encore pour nous de beaucoup de mystère. Il ne nous parlait jamais de lui. Est-ce qu'il avait été marié ? Est-ce qu'il avait eu des enfants ? On n'en savait rien. Nous aurions bien aimé savoir aussi si c'était vrai qu'il avait éventré un policier à coups de rasoir... Mais c'était difficile de lui poser la question.

L'univers du terrain vague ne nous était pas non plus entièrement ouvert. L'appentis, dont il gardait toujours la clé sur lui, conservait son secret. Jamais il ne l'avait déverrouillé en notre présence. Et je savais, pour l'avoir espionné, qu'il y travaillait les jours où nous n'étions pas là.

Quant à sa tour de verre, s'il nous avait dit le premier jour qu'elle servirait à quelque chose... il était resté depuis muet comme une tombe.

Aussi, un après-midi où le mistral nous avait obligés à rentrer nous réchauffer autour d'un verre de grenache, Moustique passa à l'attaque. Il était ce jour-là particulièrement en verve. Il nous fit un clin d'œil ; et après avoir bu d'un trait son doigt de vin pur, il se mit à cuisiner le vieil homme :

– Moi je le sais, monsieur Julien, ce que ça va être notre tour de verre. On va monter très très haut, jusqu'aux nuages, et là-haut, on fera une base pour les satellites.

– Pas bête, mon gars ! mais les satellites, c'est pas pour des gens simples comme nous. Je crois qu'il vaut mieux laisser ça aux Russes et aux Américains.

– Alors, ce sera une fusée. On y mettra un gros moteur et on partira sur Mars.

Jean-Luc l'interrompit :

– Une fusée ! Mais t'es cinglé ! Le verre fondrait dès qu'on sortirait de l'atmosphère.

– Et puis, mon petit, ajouta M. Julien, question moteur, moi, à part les moteurs de mobylette...

La discussion s'arrêta là. M. Julien nous regardait avec un sourire malicieux ; et nous allions en être pour nos frais lorsque Michel surenchérit :

– Moi, je crois le savoir.

– Dis voir un peu, mon garçon !

Michel se leva et alla jusqu'à la cheminée. Là, entre les boîtes marquées café, cacao, sucre… il prit une carte postale et vint la poser sur la table.

– Ce sera ça !

– Chapeau, pitchou, t'as pas les yeux dans les poches !

La carte postale représentait le célèbre moulin d'Alphonse Daudet, entre Arles et Les Baux-de-Provence.

– Eh oui, ce sera un moulin, un grand moulin à vent tout en verre. Je ne voulais pas vous le dire avant que vous l'ayez deviné.

Il paraissait très ému. Il se lava les mains, donna un coup de chiffon à la table et alla chercher dans son armoire un grand livre cartonné et une boîte à biscuits.

Le livre, c'était un bel album illustré sur les moulins. Il nous demanda de nous rincer les mains puis nous laissa en feuilleter les planches couleur. C'était un ouvrage superbe. On y montrait des moulins de toutes les parties du monde et des dessins en expliquaient le fonctionnement.

La boîte à biscuits contenait les plans du moulin tel que M. Julien l'avait conçu. Il mit ses lunettes et nous montra tous les croquis qu'il avait faits sur papier millimétré.

– Voici les plans de la toiture. Elle sera faite d'une armature métallique sur laquelle on posera des rangées de bouteilles selon des cercles de plus en plus petits. Et tout en haut, pour couronner, on mettra une grosse bouteille de champagne.

– Et les ailes, demanda Moustique, est-ce qu'elles tourneront ?

– Bien sûr qu'elles tourneront ! D'ailleurs, venez voir.

Il sortit un trousseau de clés de sa poche et nous mena jusqu'au fameux appentis. Solennellement, il en ouvrit les portes. Les ailes du moulin étaient là, posées sur le sol. Elles étaient si grandes qu'elles prenaient tout le hangar.

– Wouaaahh ! cria Mouloud. Elles sont géniales !

– J'ai fait les charpentes dans un métal très léger. J'étais soudeur sur métaux avant d'être à la retraite.

Nous les recouvrirons de fines planches de balsa sur lesquelles nous collerons des morceaux de verre de différentes teintes : vert, rouge, jaune et bleu suivant les ailes. Ainsi, lorsqu'elles tourneront et que le soleil se reflétera dedans, cela enverra des couleurs sur votre foutue banlieue toute grise... Ça me rappellera la vraie Provence où je suis né, celle qui respectait encore les bêtes et les arbres. Vous verrez ! On peinera pour y arriver ; mais lorsque ce sera fini, ce sera une belle récompense. Croyez-moi, ajouta-t-il avec un sourire mystérieux, vous n'êtes pas au bout de vos surprises.

C'était ça le secret de M. Julien : mettre des couleurs sur la banlieue ; redonner du soleil à une région que les promoteurs avaient recouverte de gris.

Nous sommes restés un moment silencieux pour mieux voir tourner dans nos têtes les grandes ailes multicolores.

•

L'histoire du moulin de verre fit sur notre équipe l'effet d'un coup de fouet. Ça, c'était une idée du tonnerre ! Il aurait pu neiger que nous n'aurions pas manqué un mercredi.

À l'école, comme nous approchions de la fin de l'année, le maître nous autorisa à faire de grands dessins sur des feuilles de papier Canson. Lorsqu'il les releva et se retrouva avec douze moulins sur vingt-cinq dessins, il se gratta la tête d'un air perplexe. C'étaient tous des moulins magiques qui lançaient vers le ciel des gerbes colorées.

Sur mon agenda, je comptais les jours qui nous séparaient de la sortie des classes. Les mercredis ne me suffisaient plus. Bientôt, j'aurais ma semaine à moi et je pourrais aller sur le chantier chaque après-midi. J'en avais parlé aux plus acharnés : Michel, Mouloud, Katia, Cécile, Jean-Luc et Moustique. Ils étaient tous d'accord pour passer les vacances à construire. D'ailleurs, ce n'était plus le moulin du Jobard ; c'était le nôtre ! Si nous voulions voir tourner ses ailes avant la fin de l'été, il nous fallait cravacher.

Ça allait être des vacances fantastiques… Pas des vacances où l'on traîne en attendant que le temps passe, entre un feuilleton télé et une partie de Monopoly… Non ! de vraies vacances où l'on FAIT quelque chose.

Rex aussi allait être à la fête. Lorsqu'il était dans le terrain vague, il n'y avait pas plus heureux. Il pouvait courir, sauter sans craindre de se faire écraser par une voiture. Et il ne manquait pas de chats à poursuivre ni de bâtons à rapporter. C'était le chien de la bande. Tout le monde s'amusait avec lui ; ce qui ne l'empêchait pas de prendre très au sérieux son rôle de porteur de bouteilles. Il les charriait fièrement dans sa gueule sans se soucier des averses. Lorsque ses poils étaient tout collés de pluie, M. Julien le faisait rentrer dans la baraque, enflammait quelques branches sèches et l'installait près du feu sur une couverture. Rex se laissait roussir le poil en regardant la flamme.

Depuis que M. Julien l'avait soigné, ces deux-là étaient drôlement complices. Rex ne manquait jamais de venir lui lécher les mains dès qu'il arrivait. Et le vieux bonhomme laissait toujours traîner quelque os énorme dans un coin de la cuisine.

Si M. Julien n'aimait pas trop les grandes personnes, en revanche il aimait beaucoup les enfants et les bêtes. C'était un rêveur, un vieil original qui avait gardé son cœur de gosse. Il n'était pas à l'aise au milieu de la foule des gens pressés. Les grandes HLM de béton lui faisaient peur. Les supermarchés l'horrifiaient. Il préférait vivre en solitaire en compagnie de ses rêves.

Dès que le temps s'était un peu arrangé, il avait ouvert en grand les portails de son hangar et il s'était mis à souder des morceaux de ferraille.

– Vous n'avez plus besoin de moi, nous avait-il dit. Vous pouvez continuer seuls à faire monter la tour. D'ailleurs, je n'ai plus l'âge de jouer à l'acrobate sur des échafaudages de fortune.

Et du matin au soir, pendant que, très fiers, on s'occupait des bouteilles, M. Julien faisait voler des gerbes d'étincelles avec son poste à souder.

À plusieurs reprises, on s'était approchés pour admirer les formes d'avions, de bateaux, d'animaux et de personnages qu'il découpait dans le métal. On se demandait tous comment il pouvait bien faire sans aucun modèle.

– C'est que c'est un vrai sculpteur ! disait Michel.

– Un sculpteur sculpte le marbre ou la pierre, répliquait Jean-Luc.

Mais Michel tenait bon :

– C'est un sculpteur sur ferraille ! Un point c'est tout !

– Et à quoi ça va servir ? avait demandé Moustique à M. Julien.

– Ce sont mes oignons, petit gars… Et puis d'abord, qu'est-ce que vous fichez là, bande de fainéants ? Retournez plutôt à la tour, les bouteilles vous attendent.

Pas besoin de nous faire un dessin ! C'était encore un de ses fameux secrets. On pouvait s'accrocher pour qu'il vende la mèche. L'animal allait nous faire attendre jusqu'à ce qu'on devine…

Cette nouvelle occupation de M. Julien me fascinait. Avec une paire de cisailles et un poste à souder, c'est fou ce qu'il était capable de fabriquer. Dès que les copains n'avaient pas besoin de moi, j'allais le voir travailler. Je passais des heures à regarder naître entre ses doigts des bonshommes, des petites voitures ou des chariots avec attelages complets de six chevaux.

Je devins son gaffet*, comme il disait. Je lui passais les ferrailles, j'allumais la lampe à souder ou la lui tenais pendant qu'il réfléchissait à ses découpes. Lorsqu'une plaque de tôle était bosselée, c'était moi qui l'aplatissais à grands coups de marteau sur l'enclume.

Le samedi, avec Michel, on le rejoignait encore à la décharge pour l'aider à récupérer tous les bouts de fer qui traînaient : boîtes de conserve, bidons d'huile, grilles de frigos, plaques de fours, portes de cuisinières… On entassait le tout dans une vieille carriole à deux roues qu'on traînait ensuite jusqu'au terrain vague.

Si M. Julien apercevait une bouteille, il l'emportait précieusement. Et il nous disait en rigolant :

– Vous vous souvenez, bande de petits salopards ?

Il se mettait en position de boxe et nous défiait :

– Venez-y ! Le Jobard n'a pas peur des petits voyous de votre espèce.

On lui décochait quelques directs dans les côtelettes et il faisait semblant d'être à moitié mort… jusqu'au moment où il nous attrapait soudain par le col de la chemise pour nous soulever à vingt centimètres du sol.

À chaque fois, c'était la même chose. Mais chaque fois, on riait comme des tordus.

# 9

## Le grand carrousel

Lorsque M. Julien nous vit arriver sur le chantier un lundi après-midi, il ouvrit de grands yeux ronds :

– Qu'est-ce qui se passe ? L'instituteur fait la grève ?

– Non, non…

– … malade ?

– Non, non…

Il a enlevé son béret et, de ses ongles noirs de crasse, il s'est gratté la tignasse :

– … N'avez pas fait l'école buissonnière, au moins ?

– Non, non…

– Eh bien, je donne ma langue au chat !

– C'est les grandes vacances, monsieur Julien !

– Coquin de sort, c'est la quille alors !

– C’est la quille ! On a fichu tous les cahiers au feu et on va pouvoir travailler pour de bon.

Katia avait apporté son mètre en ruban. Elle a consciencieusement mesuré la tour de verre : 4,82 mètres ! Déjà une bonne moitié de faite. Mais maintenant, on allait passer à la vitesse supérieure.

On a compté nos forces. Mouloud, Moustique et moi, nous ne partions pas en vacances. Katia et Cécile non plus. Philippe s’en allait quinze jours à la mer début juillet et Michel seulement huit jours en août. La bande des « petits jobards » ne serait pas toujours au complet mais elle serait toujours présente sur le chantier.

Je sortis d’un sac plastique un énorme magnum* de champagne que j’avais trouvé dans une poubelle. Devant cette bouteille un peu magique qui devait couronner plus tard le toit du moulin, nous avons fait le serment solennel de finir la tour avant la prochaine rentrée.

– Si nous ne réussissons pas, a dit Michel, c’est que les « petits jobards » sont une bande de dégonflés.

Le 31 août, le magnum devait se trouver en haut du ciel. En attendant, on l’a installé sur la cheminée de la baraque, tout près de la carte postale. Ainsi, il serait toujours là pour nous rappeler notre serment.

Et maintenant, au boulot ! Nous avons enfilé nos tee-shirts et couru au chantier. Chez nous, en Provence, le mois de juillet est plus fait pour les lézards que pour les grenouilles. Il faisait une chaleur à fondre les pierres. Mais les « petits jobards » en avaient vu d'autres.

L'important était de pouvoir se rafraîchir de temps en temps. Et pour cela, M, Julien eut une idée du tonnerre. Avec un tuyau de caoutchouc et un vieil arrosoir, il bricola une sorte de douche d'été. Toutes les heures, on courait s'y asperger à tour de rôle.

Seul Mouloud refusa la trempette. Il avait une sainte horreur de l'eau et ne se mettait jamais en maillot. Une bonne fois pour toutes, il avait adopté les vieilles frusques prêtées par M. Julien. Celui-ci n'étant pas le roi de la lessive, le pauvre Mouloud se repérait rien qu'à l'odeur.

Les jours qui suivirent, les filles apportèrent un gros flacon d'eau de Cologne et, de temps en temps, elles l'en arrosaient copieusement.

Ce n'était peut-être pas très malin, mais ça faisait rire. Quand on travaille dur, on a aussi besoin de ces petits riens pour tenir le coup.

•

Nous étions toujours cinq ou six, parfois sept et même huit. On arrivait sur le chantier dès deux heures pour n'en repartir qu'en fin d'après-midi.

Pendant que Michel dirigeait ceux qui s'occupaient des bouteilles, j'aidais M. Julien à sculpter ses ferrailles. Depuis que le vieil homme m'avait appris à me servir d'un fer à souder, ce boulot-là me passionnait. Il me prêtait son masque de protection et je passais des heures au milieu d'une nuée d'étincelles. Tout seul, j'avais même réussi à découper dans une plaque de tôle un grand cheval de fer dont j'étais très fier.

Les poseurs de bouteilles ne chômaient pas non plus. Ils avaient rajouté un troisième étage de bidons et travaillaient à près de six mètres du sol. Et ce n'était pas fini. Katia avait calculé qu'il en faudrait un quatrième pour terminer la tour. Heureusement, Michel et Moustique n'avaient pas le vertige. Ils circulaient là-dessus comme de vrais acrobates.

De leur côté, les filles avaient fait le tour des vitriers et récupéré des seaux entiers d'éclats de verre. Morceau après morceau, elles les collaient sur les grandes ailes. Un vrai travail de patience !

Le chantier avait pris sa vitesse de croisière ; et chaque soir, en partant, nous mesurions la tour. Au rythme où nous progressions, nous n'avions pas de souci à nous faire. À la fin de l'été, personne ne pourrait venir nous traiter de dégonflés.

C'était une certitude, une évidence...

Hélas, une fin d'après-midi où la chaleur nous avait particulièrement fatigués, un petit incident vint bousculer nos plans.

Comme d'habitude, on était en train de faire la chaîne et les bouteilles passaient de main en main. Mouloud en donna une à Jean-Luc ; elle était fendue, mais la colle empêchait de le voir. Lorsque Jean-Luc voulut la passer au suivant, elle se cassa pour de bon. Un gros morceau de verre glissa entre ses doigts, lui entaillant profondément la paume de la main.

En entendant son cri de douleur, M. Julien se précipita. Il nettoya la plaie et banda fortement la main pour stopper l'hémorragie. L'entaille était profonde mais heureusement sans gravité. Cependant, comme il était déjà cinq heures trente, nous nous sommes changés et avons raccompagné Jean-Luc chez lui, en cortège.

Ce n'était peut-être pas une très bonne idée. Car quand elle vit arriver toute cette troupe escortant Jean-Luc, sa mère poussa des cris à ameuter tout le quartier.

On avait tué son fils ! On l'avait assassiné ! Il allait avoir la main paralysée. Il ne pourrait plus travailler à l'école… Et avec tous les microbes qu'il y avait dans le terrain vague, sa plaie allait s'infecter, attraper la gangrène…

Un vrai délire ! Jean-Luc ne cessait de répéter :

– Mais, maman… Mais, maman…

Elle ne l'écoutait pas. La bonne femme devait être malade des nerfs. Elle courait dans toute la pièce en hurlant. Elle cherchait ses clés de voiture, son sac… Elle s'affolait et ne trouvait rien. On se regardait tous, au bord de la crise de rire ; et Mouloud faisait signe avec le doigt qu'elle devait être toquée.

Enfin, quand Jean-Luc lui eut récupéré ses affaires, elle l'amena en quatrième vitesse à l'hôpital. Le pauvre continuait de répéter :

– Mais, maman… Mais, maman…

Rien à faire ! Elle démarra en trombe, emportant au passage le pare-chocs d'une voiture à l'arrêt.

À l'hôpital, l'interne du service des urgences refit le pansement et tenta de la rassurer : « La blessure est superficielle… un simple bobo. » Mais elle exigea des radios, des piqûres « anti-titaniques »… Ce n'était pas nécessaire mais, pour s'en débarrasser, il fallut bien en passer par là.

Au bout du compte, le blessé ne rentra de l'hôpital qu'à la nuit tombée et dut garder le lit pendant trois jours à cause d'une mauvaise réaction aux vaccins.

Ah, ces trois jours !… Trois jours de galère. Mme Garcia nous mena une guerre d'enfer. J'étais le premier visé. C'était moi l'âme damnée qui les avais tous entraînés. Je ne valais pas mieux que le Jobard qui était, lui, un assassin, un sorcier… et un dangereux malade mental qui détournait les enfants pour on ne sait quelles horreurs.

Elle fit le tour du quartier, alla voir tous les parents et raconta partout les mêmes salades. À l'entendre, son fils était dans le coma avec la main tranchée.

Bien entendu, elle trouva une oreille complaisante auprès de la mère de Jacques, Pipelette Numéro Un de la cité. Jacques fut à nouveau interrogé et l'histoire du coup de fusil ressortit : le Jobard avait bel et bien tiré. Il y avait eu faux témoignage et il fallait donc à nouveau déposer plainte.

Mais elles ne s'arrêtèrent pas là. Elles rédigèrent une pétition qu'elles firent signer chez les principaux commerçants. Leur objectif était simple : faire raser le terrain vague et expédier le Jobard, qui s'en prenait maintenant aux enfants, dans un asile de fous.

Pour notre bande, ce fut une véritable catastrophe. Moustique fut envoyé une semaine chez ses grands-parents et la plupart des copains furent interdits de « chantier ».

Je me retrouvai seul avec Mouloud, dont les parents étaient des immigrés mal intégrés dans le quartier. Sa mère avait trois ronds bleus peints sur le front et se baladait toujours drapée d'un long tissu noué à la taille. Personne ne lui adressait la parole. Elle n'avait donc pas eu l'honneur de la visite de Mme Garcia et avait échappé aux ragots et aux pétitions.

Mais ce qui me faisait le plus mal au cœur, ce n'était pas tant de voir notre bande décimée ; c'étaient toutes ces méchancetés dirigées contre M. Julien. Le lendemain, quand je dus lui expliquer ce qui s'était passé, je me sentais tout gêné.

– Ils vous en veulent, monsieur Julien. Je crois que c'est parce que vous vivez pas comme eux…

– T'en fais pas, mon petit ! j'ai l'habitude.

– Et s'ils vous expulsent ? lui dit Mouloud. S'ils viennent avec des bulldozers ?

– Qu'ils touchent seulement à mon moulin… et ça pétera des flammes. Je n'ai pas peur des gendarmes. Je suis ici chez moi !

Il se mit alors dans une colère terrible. Cette terre était la sienne. Il la tenait de son père qui la tenait lui-même de son père. Depuis des générations, les Trencavel avaient vécu là.

– Vous voyez le grand éboulis de caillasses*, au bout du terrain vague… C'est les ruines d'un moulin ; celui de mon arrière-arrière-grand-père… Il y faisait de la farine, il y a plus de cent ans. Alors, c'est pas des « estrangiers » qui me feront bouger d'ici !

Il se servit un verre de rouge et renfonça le bouchon d'un coup sec. J'étais fier de lui. M. Julien ne se laisserait pas marcher sur les pieds.

Pour se calmer, on a aplati de la ferraille à grands coups de marteau. Ça faisait du bien de pouvoir taper comme des sourds sur quelque chose de dur.

Puis on l'a aidé à souder tout un tas de tubes métalliques. Au bout du compte, ça a fait un superbe vélo. Décidément, ce diable d'homme était plus magicien que sorcier. Il s'était même arrangé pour que les roues soient libres sur leur axe.

– Bientôt, ce vélo-là tournera dans le ciel, nous dit-il d'un air mystérieux.

Il alla dans la baraque, nous laissant la bouche grande ouverte. Lorsqu'il revint, il tenait un couteau, un gros pain et une boîte de pâté. Il a fait trois sandwiches et, tout en mangeant, il nous a expliqué. Il parlait lentement, s'arrêtant toutes les trois secondes pour mordre dans son pain. À croire qu'il voulait nous faire enrager !

– Avant la fin de l'année... dans ce terrain vague... il y aura un beau moulin de verre. Mais c'est pas tout. Un moulin... ça doit servir à quelque chose ! Croyez pas ?

– ...

– Les ailes du nôtre, quand elles tourneront... elles actionneront un arbre... et l'arbre fera marcher un carrousel...

On l'a regardé sans comprendre.

– Ah, vous savez pas ce que c'est ! Bien la peine d'aller à l'école !

Il s'arrêta encore, but un verre de rouge, s'essuya tranquillement les lèvres et reprit enfin :

– L'arbre, en mécanique, c'est une pièce qui sert à transmettre un mouvement. Un carrousel, c'est comme un grand manège. Les chevaux, les vélos, les camions, les chariots… tout ça sera peint et tout ça tournera. Je leur montrerai, moi, qu'il y a encore des gens qui savent faire de belles choses… Il nous a serrés dans ses bras. Hein qu'on leur montrera ?…

– Qu'ils comptent pas sur nous pour nous dégonfler, a dit Mouloud, les yeux pleins de larmes.

# 10

## Le retour de Jean-Luc

L'important était de laisser passer l'orage. La colère des parents ne dure jamais bien longtemps. Aussi, pendant quelques jours, on a continué seuls. On a laissé un peu de côté la tour de verre pour creuser une tranchée. Nous en avions besoin pour faire passer les barres métalliques destinées à transmettre le mouvement au support du carrousel.

Sur le papier, M. Julien nous avait montré comment tout ça fonctionnerait. C'était un système d'engrenages. Les ailes feraient tourner une roue dentée qui actionnerait un axe qui lui-même entraînerait une autre roue dentée… et ainsi de suite jusqu'au carrousel. Quand on regardait le dessin, c'était facile à comprendre. Une partie du mécanisme serait dans la tour de verre mais le reste serait enterré à cinquante centimètres dans le sol, bien protégé par un coffrage de béton. Voilà pourquoi il fallait creuser.

Une semaine durant, on a donc pioché comme des forçats. De la base de la tour à l'axe du carrousel, cela faisait plus de dix mètres. De quoi attraper une belle suée !

Chaque soir, en rentrant du chantier, je tenais au courant les copains qui étaient punis – mis à part Jean-Luc car, par les temps qui couraient, il valait mieux se tenir loin de sa mère. Malgré l'interdiction des parents, certains parlaient de venir quand même nous rejoindre au terrain vague. Je les en dissuadai. Stratégiquement, il était préférable d'attendre et de faire semblant de se plier. Pour qu'ils prennent patience, je fixai au lundi suivant une réunion dans notre cave. Moustique devait rentrer durant le week-end et c'était important qu'il soit là.

Le samedi, nous étions en train de fabriquer du mortier* (Mouloud, M. Julien et moi) lorsque quelqu'un arriva sans bruit et me tapa sur l'épaule.

Je me retournai. C'était Jean-Luc !

Il n'avait plus de bandage et sa cicatrice ne se voyait même pas.

– Mais tu es fou, fit Mouloud, ta mère va t'assassiner !

– Pas du tout ! C'est elle qui m'a donné la permission.

Je le regardai complètement interloqué. La pauvre femme était réellement « frappée » !

– Mais comment tu as fait ?

– Demande à M. Julien !

Alors là, je n'y comprenais plus rien. Jean-Luc rigolait. Il faisait des clins d'œil au vieil homme ; tandis que celui-ci restait muet, se contentant de nous regarder d'un air malicieux. Il nous laissa mariner un petit moment, prenant même le temps de se rouler une cigarette, avant de s'expliquer :

– Ces jours-ci, je me faisais du souci : Jean-Luc, sa blessure... J'avais peur que ça se soit aggravé. Alors, je suis allé lui rendre une petite visite.

– Chez lui ?

– Pardi ! pas chez le pape !

– T'aurais vu ça ! reprit Jean-Luc. Il a été formidable. Il avait mis son chapeau, son plus beau costume... Quand il a sonné, ma mère ne l'a pas reconnu. Elle a cru que c'était un nouveau voisin. Il a demandé de mes nouvelles. Tu connais ma mère, elle était aux anges. Elle m'a appelé ; et moi, quand je l'ai vu, j'ai crié : « Monsieur Julien », et il m'a embrassé. Elle était sciée. Elle savait plus que dire. Lui m'a offert une petite voiture qu'il avait bricolée. Il a salué ma mère. Il a pris son chapeau et il est parti.

Maudit bonhomme ! Il avait mijoté tout ça sans nous en dire un seul mot. C'était le roi des mystères. Avec Mouloud, on lui a bourré les côtelettes. Lui riait à s'en décrocher la mâchoire.

– Ah ! fallait voir la tête de ma mère quand il a été parti ! dit Jean-Luc. Elle a bégayé : « C'était… c'était… le… – Eh oui, j'y ai dit, c'était le Jobard, M. Julien. Tu vois bien que c'est pas un assassin… » Elle ne m'a pas répondu. Elle a pris les pétitions et les a jetées à la poubelle. Ma mère, elle a l'air comme ça…, mais c'est la plus brave du monde.

– Bon, a dit M. Julien, c'est pas le tout. Il faut finir ce béton sinon il sera bon à jeter.

Chacun a pris sa pelle et on s'est remis au boulot. Ça a été une chouette fin d'après-midi. J'avais du soleil plein la tête.

•

La réunion du lundi soir n'eut même pas lieu. Le changement d'attitude de Mme Garcia donna suffisamment d'arguments aux copains pour convaincre leurs parents. En fait, le « terrible accident » de Jean-Luc n'était qu'une simple entaille. C'était sa mère qui, affolée, avait tout exagéré. On ne faisait rien de mal au terrain vague. On construisait simplement une tour de verre... Vraiment pas de quoi appeler la police ou déclencher le plan Orsec !

Aussi, dès le lundi après-midi, Moustique, Michel et Katia revinrent sur le chantier. Avec Mouloud, Jean-Luc et moi, cela faisait déjà six petits jobards. Il manquait Cécile, Lou, Sylvie, Pierre et Philippe... mais j'avais bon espoir.

Michel nous raconta qu'il avait passé sept jours dans sa chambre, refusant de sortir ou de regarder la télé. Ses parents étaient sur le point de craquer. Il ne faisait qu'assister aux repas, mangeant juste de quoi ne pas mourir de faim. Jamais il ne leur avait demandé d'aller au terrain vague. Jamais il ne leur avait parlé du Jobard. Il s'était contenté de faire poliment la tête. Au bout du compte, son père avait décidé d'agir. Il était allé voir un ami, inspecteur de police, et l'avait questionné sur « le clochard du terrain vague ».

En fait, M. Julien était un ancien résistant resté célibataire après la guerre. À force de vivre seul, il était devenu de plus en plus sauvage. Mais il n'avait tué ni blessé personne. Ce n'étaient que des ragots !

Le père de Michel avait immédiatement levé la punition… et Michel avait couru au terrain vague.

– Vous pouvez faire confiance à mon père, nous dit-il. Il va faire de la publicité pour M. Julien. À ce qu'il paraît que le Jobard était dans le même réseau de résistance que mon pépé !

Tout allait donc pouvoir s'arranger. Si on en fichait un bon coup, on pourrait peut-être rattraper le retard. Il allait falloir se défoncer mais rien n'était perdu.

Quand M. Julien montra aux copains son idée du carrousel : la tranchée, les barres métalliques et les dessins du manège… ce fut l'enthousiasme ! En deux temps, trois mouvements, les équipes furent organisées et tout le monde à son poste.

Car il n'y avait plus un seul chantier comme au début. Il y en avait trois : la tour de verre, le carrousel et l'appareillage mécanique qui devait transmettre le mouvement. Il fallait s'occuper de ces trois choses à la fois. Ce n'est qu'à la fin qu'on assemblerait le tout et qu'on verrait tourner ensemble les ailes du moulin et les éléments du manège.

Ce serait sans doute coton ! Mais on pouvait faire confiance à M. Julien. Depuis des années, il avait tout prévu, mesuré, dessiné. Il ne créait pas au hasard mais selon des plans bien précis qu'il avait dans la tête. Le Jobard n'était pas qu'un simple rêveur. Ses rêves, il les faisait vivre…

Ce n'était donc plus qu'une question de patience ; une question de travail, de fatigue et de sueur… d'éclats de rires et de coups de soleil. Voilà ce que je me disais en rentrant chez moi, à la fin de cette journée mémorable où la bande des « petits jobards » s'était une nouvelle fois retrouvée.

Et effectivement, durant une quinzaine, la tour et le carrousel avancèrent. Bouteille après bouteille, bout de fer après bout de fer… Plus haut dans le ciel, plus beau dans nos têtes !

Tout baignait dans l'huile… jusqu'à cette fichue matinée !

# 11
## Chambre 12

Ce jour-là, comme il nous manquait des tubes de métal pour fabriquer la lance d'un chevalier, j'étais allé avec Michel en récupérer au champ d'ordures. Nous avions trouvé une armature de chaise en fer qui allait au poil et étions passés la poser au terrain vague.

Quand nous avons poussé le portail, le silence qui régnait dans l'enclos nous a étonnés. Pas un bruit de marteau ni de lampe à souder ! M. Julien devait être sorti.

J'entrai dans la bicoque et je le trouvai étendu sur le lit. C'était un rude bonhomme qui avait travaillé été comme hiver, sans se soucier du froid ni de la grosse chaleur. Pour qu'il soit couché aux environs de midi, il fallait vraiment qu'il soit malade.

Son front était moite de sueur, ses yeux cernés. Il trouva pourtant le moyen de dire :

– C'est rien… demain, ça ira mieux ! Mais aujourd'hui, faudra travailler sans moi. Toi, Brice… te brûle pas avec la lampe à souder !

– Le docteur est venu ?

– Le docteur ? Quel docteur ? J'ai jamais vu de docteur de ma vie.

L'après-midi, nous sommes allés travailler mais le cœur n'y était pas. Le soir, je lui portai à manger mais il ne put rien avaler.

Cela dura ainsi près d'une semaine. Il restait cloué au lit sans pouvoir se lever. À tour de rôle, on venait le faire manger, matin, midi et soir. C'est à peine s'il goûtait du bout des lèvres. Mouloud essayait de dire des bêtises, de le faire rire… On aurait dit qu'il ne nous entendait plus.

Un soir, vers sept heures, je le trouvai en train de délirer. Ses draps étaient baignés de sueur. Il avait de grands yeux ouverts sur le vide et il parlait tout seul ; il criait presque… Rex lui a léché la main ; il est resté sans réaction. Affolé, j'ai couru jusqu'à la maison.

Ma mère venait juste de rentrer. Elle posait des paquets sur la table de la cuisine. Je la pris par la main et l'entraînai dans les escaliers.

– Maman, maman, viens vite. M. Julien va mourir !

Elle ne me posa pas de questions. Elle sortit de son sac les clés de la voiture et m'accompagna jusqu'au terrain vague. Quand elle vit M. Julien dans cet état, elle prit aussitôt les choses en main :

– Brice, tu restes là. Moi je retourne à l'appartement. J'appelle une ambulance.

Puis, me voyant devenir tout pâle, elle ajouta :

– Il s'en sortira. Il faut faire vite mais il s'en sortira !

Dès son arrivée, le docteur du SAMU lui fit une piqûre. M. Julien ne se rendit compte de rien. Il se calma, fixant le plafond d'un air hébété pendant que je lui tenais la main.

Les infirmiers le sortirent du lit pour le poser sur un brancard. Puis ils l'installèrent dans l'ambulance. J'aurais voulu lui dire quelque chose mais il ne semblait plus voir personne.

La porte arrière s'est refermée et la voiture a démarré. En aboyant tristement, Rex l'a suivie jusqu'au portail.

Longtemps j'ai écouté le bruit de la sirène qui s'éloignait. Je pleurais de toutes mes larmes. Ma mère m'a serré dans ses bras et on est restés un long moment l'un contre l'autre. Seuls dans le terrain vague, face à la tour de verre.

•

L'hôpital était à près d'une demi-heure de bus de la ville. Ce n'était pas facile de s'y rendre. Mais si nous avions déserté le chantier, avec le sentiment que tout était fini – comment terminer la tour sans M. Julien ? –, nous n'avions pas abandonné notre ami pour autant. Chaque jour, l'un d'entre nous lui rendait visite.

Personne n'avait voulu nous dire de quoi il souffrait exactement. Tout ce qu'on avait pu tirer des infirmières et des médecins, c'est qu'ils l'avaient opéré d'urgence du pancréas. Katia avait cherché ce mot dans le dictionnaire et nous avait lu la définition. Ça ne nous avait pas avancés ! On lui avait soi-disant sauvé la vie en le faisant hospitaliser. Mais s'il était hors de danger, il lui fallait encore beaucoup de soins.

Moustique questionnait toutes les blouses blanches qui passaient pour savoir quand il sortirait. Il obtenait toujours la même réponse : « Un peu de patience. Il n'est pas près de courir le cent mètres, votre grand-père. »

M. Julien nous faisait des sourires. Il essayait d'être de bonne humeur. Mais on voyait bien qu'il n'avait pas le moral. Lui qui avait toujours vécu seul, il était malheureux de se sentir dépendant des autres... pour manger comme pour faire pipi. Il se sentait prisonnier. C'était un homme du dehors, habitué à travailler dès le lever du jour. Il n'était pas fait pour rester allongé entre quatre murs. Et puis son rêve venait de se briser. Il n'était même plus sûr de revoir son moulin.

Le soir, j'y allais parfois avec maman. On essayait de le rassurer : « Ce n'est qu'une question de semaines. Bientôt, vous pourrez retourner au terrain vague. » Le vieil homme aurait bien voulu nous croire ; mais il se sentait de plus en plus faible et n'avait aucun appétit.

Le moral des petits jobards n'était guère brillant non plus. Les après-midi, on traînait interminablement devant la télé. Au point qu'un soir, ma mère me trouva encore en pyjama à son arrivée. Elle me passa un vrai savon. C'était le genre de truc qui la mettait hors d'elle.

Je lui avouai que je n'avais plus envie de rien et que tant que M. Julien ne reviendrait pas, je serais comme ça !

– Mais tu ne vois pas qu'il se laisse mourir ? Cette tour de verre, c'était sa vie. Si vous voulez le sauver, il faut la continuer.

– Sans lui, on ne peut pas travailler. On n'a pas le droit !

Elle m'a fait aussitôt grimper dans la voiture, direction l'hôpital ; et sans me demander mon avis, elle lui a tout raconté.

M. Julien m'a frictionné les oreilles :

– Mais qu'attendez-vous, bon sang de bois ? Avec ou sans moi, il faut la finir !

Dès le lendemain, le chantier reprenait de la vie. Mince, ça aurait été bête. Il ne manquait plus qu'un mètre à la tour. Et pour le carrousel, avec l'aide de Mouloud, je pouvais bien me débrouiller.

Lorsque j'avais une difficulté, j'allais à la cabine et je téléphonais à l'hôpital, chambre 12. M. Julien, qui n'avait jamais eu le téléphone, s'émerveillait de me parler à distance. Lui, d'ordinaire si peu bavard, pouvait passer des heures à m'expliquer pourquoi une soudure avait « pété » ou comment faire pour polir du métal.

Le soir, à l'heure des visites, on apportait les personnages de ferraille. Au grand affolement des infirmières, nous les posions sur le lit et il nous faisait des commentaires sur la qualité du travail.

Michel avait eu une bien meilleure idée encore. Il avait emprunté le “polaroïd” de son père. On prenait des photos du chantier et M. Julien pouvait suivre de son lit l'avancée des travaux. Aux heures creuses de la journée, il les collait sur un cahier d'écolier et ne se lassait pas de les passer en revue.

Peu à peu, il retrouva l'appétit et reprit quelques kilos. Il en avait bien besoin.

Ma mère avait eu raison. Monsieur Julien ne vivait que pour son moulin. Grâce aux photos et au téléphone, grâce aux conseils qu'il nous donnait, il avait l'impression de continuer la construction. D'ailleurs, de son lit d'hôpital, c'était bien lui le véritable ingénieur du chantier.

Au fond du hangar, j'avais trouvé les engrenages qu'il avait fabriqués. Ils étaient numérotés et prêts à être montés. Mais les systèmes de pignons et de transmission d'un mouvement n'étaient guère de mon âge. Aussi m'avait-il fait porter dans sa chambre la fameuse boîte de plans. Croquis à l'appui, il me montrait comment il me fallait installer les barres métalliques dans la tranchée.

Chaque fois que je le pouvais, je prenais un bus qui me déposait à l'hôpital vers dix heures. À ce moment-là, M. Julien avait fini sa toilette et ça nous laissait près d'une heure et demie avant son repas. Nous discutions de ces questions techniques comme de vrais professionnels. Je reprenais ensuite un autre bus pour rejoindre ma mère à la sortie de sa clinique. Je rentrais avec elle à la maison ou, s'il faisait beau, nous mangions une pizza à la terrasse d'un café.

Petit à petit, la langue de M. Julien se déliait. Il me parlait plus souvent de lui. Il me disait qu'il aurait aimé avoir un garçon comme moi, mais que la guerre en avait décidé autrement. Il me parlait aussi du moulin :

– Tu comprends, me disait-il, on n'est tous que de passage. Alors je voudrais qu'il reste quelque chose de moi quand je serai parti... quelque chose de bien... Et il ajoutait en riant :... Quelque chose de nous, car que serait devenue ma tour de verre sans votre bande de voyous ?

# 12

# Le chapeau de la demoiselle

Durant cette période-là, nous lui avons réservé bien des surprises. Un jour notamment, on a repris la peinture des bouteilles, interrompue depuis les pluies de juin. Quand on lui a porté le "polaroïd", il n'en croyait pas ses yeux. Toutes ces couleurs, il trouvait ça fantastique. D'ailleurs, chaque nouveau cliché l'émerveillait. Il était stupéfait de voir la rapidité avec laquelle on avançait et la façon dont on se sortait des difficultés.

– La « maçonnerie » sur verre n'a plus de secret pour vous, disait-il pour plaisanter. Vous pourrez bientôt passer votre CAP.

Mais la plus belle des surprises, c'est lui qui nous l'a faite. Un après-midi, il a débarqué en habit de ville au beau milieu du chantier.

– Monsieur Julien ! a crié Moustique, en se précipitant dans ses bras.

Il nous a regardés, très fier de lui, puis il a jeté un coup d'œil crâneur au moulin :

– Oui, pas mal, pas mal du tout…

Il n'avait pas plutôt dit ça qu'il se prenait la tête dans les mains et tombait à la renverse.

On l'a allongé sur son lit. Son malaise n'a duré que quelques minutes.

– C'est d'avoir marché au soleil, après être resté si longtemps enfermé, nous a-t-il dit comme pour s'excuser.

– Ils vous ont laissé sortir ?

– Je ne leur ai pas demandé la permission. J'ai mis mes affaires dans un baluchon, j'ai pris la porte et au revoir tout le monde. Si je les écoutais, je resterais au lit plus de temps que la Belle au bois dormant… Et puis, je me languissais de mon moulin.

– Mais ce n'est pas raisonnable ! a dit Michel.

– Mon petit, dans la vie, si on ne faisait que les choses raisonnables, on ne ferait pas grand-chose. Allez… au boulot ! Je vais me mettre sur une chaise et je vous regarderai. Pour aujourd'hui, c'est encore les vacances, mais demain je reprends le « turbin ».

Le lendemain, il reprenait son poste à souder.

Il devait sans cesse s'arrêter car il était vite fatigué et souvent pris de vertiges, mais il avait une sacrée volonté et se remettait toujours au travail.

À tous les deux, on s'est occupés sérieusement du carrousel. Chevaux, chariots, chevaliers, animaux, camion, voiture : tous les éléments étaient finis. Il fallait maintenant les assembler. D'après les plans, les éléments devaient être reliés par une barre à un axe mobile fixé au sol ; un peu comme les manèges d'avions dans les fêtes foraines. À l'aide de roulettes, ils reposeraient sur un circuit de « montagnes russes » formant un grand cercle. La force des ailes du moulin ferait tourner le circuit et l'axe central – à des vitesses différentes, grâce à des pignons plus ou moins gros. Ainsi, les éléments tourneraient mais aussi monteraient et descendraient au gré des bosses du circuit. C'était drôlement ingénieux ! Le tout était de ne pas se tromper dans l'assemblage des rouages. La moindre erreur pouvait faire perdre un temps considérable.

Or, les constructeurs de la tour nous avaient défiés. Ils avaient fait le pari qu'ils termineraient avant nous.

Pardi ! c'était pas difficile… tout près qu'ils étaient de toucher au but.

Du coin de l'œil, je surveillais leur chantier. Michel et Moustique circulaient sur les passerelles comme de vrais acrobates. À sept mètres de haut, sur une pyramide de planches et de bidons, il ne fallait pas avoir la pétoche. Heureusement, cet échafaudage était plus impressionnant que réellement dangereux. Il s'appuyait à la tour, ce qui diminuait de beaucoup les risques de chute. Quant aux bidons, ils étaient à moitié remplis d'eau. Cent litres d'eau, ça fait cent kilos. Ils ne risquaient pas de s'envoler.

Les deux équipes travaillaient comme des forcenés. M. Julien tenait le coup mais je voyais souvent son visage se crisper de douleur. Pourtant, si je lui demandais : « Qu'est-ce qu'il y a, monsieur Julien, ça ne va pas ? », en vraie tête de mule, il répondait toujours : « C'est rien ! un point de côté… Ça va passer. » Et si je lui proposais d'aller s'allonger, il plaisantait en montrant Michel et les copains : « Tu es fou. On va se faire battre à plate couture par ces constructeurs du dimanche. »

Il était encore plus acharné que nous !

Cependant, malgré notre bonne volonté, « les constructeurs du dimanche » nous ont bel et bien battus. Sous une pluie d'applaudissements, Moustique posa une fin d'après-midi la dernière bouteille de la tour.

M. Julien en fut quitte pour payer une nouvelle tournée de grenache.

– Vous n'avez pas vraiment fini, leur dit-il en dégustant son vin doux. Demain, il faudra lui mettre un chapeau à cette demoiselle ; sinon elle risque de s'enrhumer.

Sa réflexion a déclenché un vrai délire. Avec de vieux vêtements qui traînaient, Moustique et Mouloud se sont déguisés en femme. Ils ont dansé pendant qu'on frappait dans les mains. Monsieur Julien nous a regardés en riant puis il s'est mis à battre la mesure avec une cuillère en bois. Je crois bien que le grenache nous était monté à la tête… ou qu'on était, pour de bon, tous devenus vraiment jobards.

« Le chapeau de la demoiselle », comme avait dit M. Julien, était un gigantesque casier à bouteilles rond, aux rangées décalées les unes au-dessus des autres comme les marches d'un escalier. L'astuce frisait le génie car, une fois rempli de bouteilles, on ne verrait plus la partie métallique mais seulement une immense toiture de verre. Un vrai chef-d'œuvre d'artisan soudeur !

Face à ce grand cône métallique, de 2,50 mètres de haut sur 6 de circonférence, je ressentis pour M. Julien une admiration sans bornes. Ce vieux bonhomme, qui nous avait dit ne pas avoir dépassé le certificat d'études, avait quelque chose dans la cervelle.

Un seul détail m'inquiétait : la charpente était métallique ; elle devait peser une bonne centaine de kilos. Nous n'avions ni grue ni hélicoptère. Comment allions-nous faire pour la hisser au sommet de la tour ?

Une fois de plus, M. Julien avait pensé à tout. S'il avait construit la tour entre deux gigantesques marronniers, ce n'était pas pour des prunes. Il nous a expliqué la manœuvre et tout le monde s'est mis en place.

Michel et Moustique, les chimpanzés-acrobates de la bande, sont montés aux arbres. Ils ont suspendu une longue corde de telle sorte qu'elle puisse coulisser sur la plus haute branche de chaque marronnier. Ceux qui étaient restés au sol ont accroché le cône métallique au centre du câble et tiré sur une des extrémités. Ho, hisse ! Ho, hisse ! comme au tir à la corde. Peu à peu, le toit du moulin a grimpé au-dessus de nos têtes.

Lorsqu'il a atteint la hauteur de la tour, je suis monté sur les échafaudages ; avec une perche munie d'un crochet, j'ai amené vers moi la charpente métallique jusqu'à ce qu'elle repose sur les murs de verre. La manœuvre proprement dite était finie. L'opération « chapeau de la demoiselle » réussie.

Une fois scellé avec du ciment prompt, il ne resta plus qu'à garnir ce chapeau pointu de bouteilles. Un vrai jeu d'enfants : les encoches étaient prévues. Nous avons fait la chaîne et en moins d'une heure, notre moulin était tout en verre.

La pose du magnum de champagne constitua le bouquet final de l'opération. Pendant que Moustique le fixait tout en haut, je dirigeais au sol une solennelle sonnerie de trompette.

Nous étions gonflés à bloc… Et dès le lendemain, ce fut le tour des ailes qui, grâce à la patience des filles, étaient désormais entièrement recouvertes de petits morceaux de verre qui miroitaient au soleil.

Lorsqu'elles escaladèrent le ciel, on aurait dit d'immenses vitraux.

Après une manœuvre impeccable, scientifiquement dirigée par M. Julien, l'axe est allé s'enfiler dans le trou prévu au centre du toit.

Et le miracle s'est produit. Une fois libérées de la corde, les ailes se sont mises à tourner.

Quelle sacrée récompense ! L'ingénieur en chef n'a pu retenir son émotion et on l'a tous accompagné d'une petite larme. Nous en avions tellement rêvé de ce moulin. Nous avions tant de fois désespéré d'en venir à bout… que ça faisait chaud au cœur de voir enfin cette immense tour de verre agiter ses grands bras pour nous saluer.

Soudain, Michel attrapa un marteau, un burin… et alla percer le fond des bidons. J'avais compris. J'ai pris une échelle pour faire comme lui. L'eau s'est mise alors à pisser de partout. Une vraie cascade de fontaines !

Avant que le soleil ne se couche, nous voulions voir notre moulin en entier, sans ces échafaudages qui nous en masquaient la vue.

Ce fut la grande fête de l'eau. Tout le monde se fit asperger. Coulants, ruisselants, dégoulinants, on pataugeait dans une véritable mare. Mais bientôt, il n'y eut plus ni bidons ni planches. Plus rien pour nous empêcher d'admirer notre moulin. Plus rien pour nous interdire de danser autour, pieds nus dans les flaques.

•

La fin du mois d'août approchait. Il ne nous restait guère de temps avant la rentrée des classes. Juste une petite semaine en septembre ! Mais cela ne nous effrayait pas. Tous les petits jobards travaillaient dur, sous la direction de leur ingénieur.

Philippe et sa sœur Sylvie, portés disparus depuis juin, étaient revenus. Michel avait réussi, en négociant avec son père, à échapper à la traditionnelle semaine chez ses grands-parents. Avec Cécile, Lou, Katia, Moustique, Mouloud, Jean-Luc et Pierre, nous étions onze – comme une équipe de foot – à nous relayer tous les jours sur le chantier. C'était bien suffisant pour installer le carrousel.

Depuis que les filles les avaient peints, nos personnages de métal étaient vraiment super. À voir ces chevaliers, ces cow-boys, ces chariots – rutilants dans leurs habits de fer –, qui aurait pensé qu'ils sortaient tout droit du champ d'ordures, que leurs corps étaient de vieux bidons, leurs jambes et leurs bras des boîtes de conserve soudées entre elles ? J'attendais avec impatience le moment de les voir tourner, sur le grand circuit bosselé du carrousel.

Malgré toutes les difficultés que nous avions eues, malgré ces journées épuisantes à rôtir au soleil, je me sentais en pleine forme.

J'arrivais chez moi de bonne humeur et n'hésitais pas à raconter à ma mère les péripéties de la journée. Elle riait de nos pitreries, de nos blagues et ça nous rendait plus complices. Je lui interdisais cependant de venir jeter un coup d'œil, car je voulais lui réserver la surprise.

Tout allait pour le mieux. Comme aurait dit Moustique : « Ça baignait dans la limonade ! » Seul M. Julien me causait du souci. La reprise du travail l'avait considérablement amaigri. Il flottait dans ses vêtements comme un fantôme. Il avait eu beau s'improviser une ceinture avec un morceau de ficelle, son pantalon avait toujours l'air de vouloir lui glisser au bas des jambes. Son visage s'était à nouveau creusé ; et ses grands yeux noirs lui mangeaient la figure.

Il y avait plus grave. Il semblait parfois fiévreux et frissonnait de froid. Mais il ne voulait jamais l'admettre. Pas question de s'allonger un instant !

– Quand j'aurai fini, disait-il.

Il fallait donc terminer au plus vite. Lors d'une réunion secrète, on a décidé d'en mettre un bon coup et de lui éviter les tâches les plus pénibles. Dès qu'on le voyait soulever une barre de fer un peu lourde, on se précipitait ; et lorsqu'il fallait forcer, Jean-Luc, le costaud de la bande, se proposait.

Nous étions le mercredi 31 août et M. Julien avait fixé l'inauguration au samedi 3 septembre. En trois jours, il nous a fallu visser des centaines de boulons et accorder ensemble une bonne vingtaine de gros engrenages. J'en avais les mains pleines d'ampoules. Mais le vendredi soir, tout était prêt.

Nous aurions pu faire sur-le-champ les premiers essais. Mais M. Julien a volontairement immobilisé les ailes du moulin, dans l'attente de l'inauguration.

– Millediou ! a-t-il dit, il faut se réserver un peu de « suspansse », comme disent les Américains.

Un dernier coup d'œil au chantier et nous sommes tous rentrés nous coucher.

J'avais une pétoche de tous les diables. Bon sang ! Pourvu que ça marche ! J'ai éteint la lumière de ma chambre mais je suis resté les yeux grands ouverts dans le noir. Je voyais des milliers de petits filaments qui tournaient au plafond. Dire qu'il me fallait attendre jusqu'au lendemain !

# 13
# Photo souvenir

À l'heure solaire, il était midi, le moment où le soleil est au plus haut dans le ciel. Une pluie de feu tombait sur le terrain vague. Seule, une brise légère apportait un peu de fraîcheur qui permettait de respirer. Solennellement, M. Julien coupa la ficelle. Il avait mis pour la circonstance sa grosse paire de souliers noirs – flambant neufs de cirage – et un costume de velours côtelé déniché on ne sait où.

Avec un faible grincement, les ailes se sont libérées. Elles ont entraîné le grand axe vertical placé dans le ventre du moulin. Puis des craquements plus sourds ont retenti, indiquant que le mouvement s'était transmis aux barres métalliques de la tranchée. Le carrousel bougea, presque imperceptiblement, puis lentement se mit en branle.

Les cavaliers d'argent ont fait leur première cavalcade. Ils montaient et descendaient, semblant défier le soleil de leurs lances. Le miroitement des rayons sur le verre et sur le métal jetait dans nos yeux des éclats féeriques. Plus beaux que tout ce qu'on avait pu imaginer. Un feu d'artifice rien que pour nous, toujours renouvelé.

On s'est assis par terre et on a regardé. En silence. Comme lorsqu'on est au sommet d'une montagne et qu'on assiste au lever du soleil.

– Il faudra graisser les engrenages, a dit M. Julien pour éviter que l'émotion ne l'étreigne tout à fait.

Personne n'a répondu. Les personnages du carrousel animé continuaient leur danse ; les ailes multicolores envoyaient des éclairs aux quatre vents... Nos cœurs s'envolaient pour des pays magiques, à des milliers de kilomètres de la banlieue.

Soudain, toute notre tension nerveuse a éclaté. Mouloud a poussé un premier cri et on s'est tous mis à hurler à pleine gorge. Nous avons couru, nous avons sauté, dansé. Nous sommes même montés sur le carrousel pour faire notre tour de piste. Le bonheur, quand ça vous envahit la poitrine, ça donne envie de faire des folies.

Michel avait apporté un bel appareil photo. Celui de son père, pour les mariages ; avec un pied, et même un déclencheur à retardement. Il nous a fait mettre en place puis nous a rejoints en courant. On a pris la pose : le vieux Jobard et les petits jobards devant le monument qui était né de leurs mains. Une sorte de photo d'école, mais d'une école un peu spéciale, avec un maître choisi par ses élèves pour réaliser le plus fou des projets. Le petit bruit du déclencheur a retenti et on a poussé de nouveaux cris.

M. Julien rayonnait. Pris par l'enthousiasme, il nous expliqua qu'on n'allait pas s'arrêter là.

– On fera des statues d'animaux grandeur nature : des chevaux, des lions, des girafes, des licornes… Je bâtirai les armatures en métal et vous les recouvrirez de bouteilles. On en mettra partout dans le terrain vague.

L'idée a enchanté tout le monde.

En fin d'après-midi, des parents sont timidement venus faire un petit tour. Ils avaient appris que le moulin était terminé et ils voulaient voir. Avec beaucoup de gentillesse, M. Julien serra la main d'une foule de gens qu'il n'avait jamais vus. Exceptionnellement, il embrassa ma mère et j'en ressentis une extrême fierté.

Les gens se promenaient dans le terrain vague et les petits jobards servaient de guide. Beaucoup croyaient qu'il y avait un moteur caché quelque part. Ils avaient du mal à imaginer que c'étaient les ailes du moulin qui donnaient l'énergie.

Ce fut une journée du tonnerre. La maman de Jean-Luc avait fait un gâteau qu'on a partagé tous ensemble, comme dans une fête entre amis.

À la nuit tombée, M. Julien demanda qu'on le laisse seul. Il avoua qu'il se sentait un peu fatigué. Il avait besoin de s'allonger.

Avant de nous laisser, il nous serra chaleureusement dans ses bras.

– Merci, dit-il, merci à tous !

Ses doigts se sont posés sur mes cheveux et il me les a ébouriffés, comme il avait l'habitude de le faire, dans un geste d'amitié.

Après avoir passé le portillon, je me retournai pour lui faire un dernier signe de la main, mais il ne parut pas me voir. Debout dans son pantalon trop grand, il regardait tourner le manège. Malgré ses traits creusés par la maladie, il paraissait vraiment heureux.

# 14

# Onze petits bouts de verre

Le lendemain, un promeneur venu jeter un coup d'œil au moulin trouva M. Julien dans son lit, allongé dans son habit du dimanche. Il était mort.

J'appris d'un coup ce qu'était le vrai chagrin, celui qu'on ressent lorsque quelqu'un qu'on aime nous abandonne à jamais ; celui qui nous vole l'air qu'on respire et fait comme un grand trou brûlant dans la poitrine.

Je répétais sans pouvoir comprendre : « M. Julien est mort, le Jobard est mort. » J'essayais de me représenter une forme allongée, l'immobilité d'un corps que la vie a quitté. Mais je ne pouvais l'admettre. Ce corps allait se lever, M. Julien me parler, sourire. Ce n'était pas possible qu'on puisse embrasser quelqu'un le soir et le trouver ainsi au matin !

À l'enterrement, il n'y avait pas grand-monde car M. Julien n'avait pas de famille. Mais, au moment où le cercueil descendait dans la fosse, onze petits bouts de verre colorés s'échappèrent de nos mains pour accompagner notre ami.

Les gens se sont éloignés et nous sommes restés là sans comprendre, à regarder le monsieur qui jetait des pelletées de terre pour recouvrir le cercueil. Rex poussait de petits jappements pleins de tristesse. Mouloud ne trouvait pas de bêtises à dire et Moustique avait perdu son éternel sourire. Nous avions tous la même peine. Nous nous sentions tous orphelins.

Près du portail, ma mère m'attendait avec la voiture. Elle m'a fait monter et j'ai pleuré contre son épaule pendant qu'elle roulait sans but. Puis elle s'est arrêtée sur le bord de la route et m'a parlé longtemps… de mon père et du vide qu'elle avait ressenti lorsqu'il était parti. Elle m'a raconté des souvenirs. Elle a essayé de me faire rire, mais elle a fini par pleurer elle aussi et elle ne pouvait plus s'arrêter. Je ne savais pas comment la consoler. Je lui ai dit qu'il ne fallait pas qu'elle soit malheureuse puisque ceux qu'on aimait restaient toujours au fond de nos têtes… que j'étais là et qu'on s'aimait tous les deux…

# Épilogue

Sur une feuille, posée sur un coin de table, M. Julien avait écrit qu'il léguait le terrain vague à « la bande des petits jobards ». Les notaires se penchèrent sur le papier et jugèrent qu'il ne voulait rien dire. Officiellement, « les petits jobards » n'existaient pas. Ce n'était ni une personne, ni une société, ni une association reconnue par la loi. Le testament fut donc annulé et le terrain revint à la mairie.

Pour les promoteurs, un terrain aussi bien placé était une aubaine. La municipalité reçut de nombreuses offres d'achat et il y eut de fortes pressions pour tout faire raser. Lorsque nous avons lu dans la presse qu'une grande surface avait décidé de s'installer à deux pas de la cité, nous avons compris que notre moulin était en danger.

Nous ne nous sommes pas laissé faire. Avec l'aide des parents, nous avons mené un raffut de tous les diables : pétitions, articles dans les journaux, lettres au conseil municipal... Finalement, l'hypermarché dut annuler son projet. Le maire garda le terrain pour nous construire une grande aire de jeux dans laquelle moulin et carrousel étaient intégrés.

On nous laissa même en choisir le nom (décidé à l'unanimité lors d'une réunion secrète dans la cave 8 du bloc Alsace) : LE PARADIS DU JOBARD.

Cette affaire de gamins, de vieil homme et de tour de verre fit pas mal de bruit. Des journalistes la racontèrent dans leurs gazettes et le moulin de M. Julien devint célèbre. Avec la publicité, arrivèrent les touristes. Ils venaient le dimanche pique-niquer sur l'herbe pendant que leurs enfants s'amusaient des jeux de lumière. Les touristes amenèrent de nouveaux journalistes ; et les journalistes de nouveaux touristes. Aujourd'hui, notre moulin est une des curiosités de la banlieue marseillaise, presque aussi connu que celui d'Alphonse Daudet !

Mais pour les gens de la cité, le « Paradis du Jobard » n'est pas seulement une curiosité touristique. C'est une vieille connaissance, un ami sûr, un bout de lumière à regarder lorsque la vie est trop grise. Il est bien connu que les plus belles fleurs poussent souvent au milieu des décombres. Elles sont là pour donner de l'espoir à ceux qui manquent de force pour tout reconstruire.

•

Moi qui vous parle, je travaille désormais comme soudeur à des centaines de kilomètres de cette banlieue où je suis né. Pourtant, tous les étés, je reviens voir notre moulin. Je m'assieds sur un des bancs du square, au milieu des cris d'enfants et des mamans berçant leur landau. Je m'assieds et je regarde le carrousel tourner.

– On n'est tous que de passage, me disait M. Julien.

De passage ? Et pourtant je sais bien qu'IL est toujours là, dans ces jeux de lumière qu'il a créés, qui éblouissent et font sourire les bébés.

M. Julien est un personnage imaginaire ; mais il existe et il a existé des gens qui, comme lui, ont bâti de leurs mains des monuments fantastiques. On les appelle les « architectes du dimanche ». La plupart n'ont en fait aucune connaissance particulière en architecture : ils sont ouvriers, employés des postes, coiffeurs, retraités, maçons ou facteurs... Ils se servent de matériaux qu'ils trouvent et qu'ils récupèrent (bouteilles, bouts de ferrailles, morceaux de faïences, pierres, coquillages...) et au gré de leur imagination et de leur fantaisie, ils construisent patiemment durant des années – et parfois toute leur vie – le monument de leurs rêves.

Ce sont des gens originaux qui ne s'embarrassent pas du « qu'en-dira-t-on ». Mais souvent la rumeur publique les prend pour des fous, et comme le Jobard de l'histoire, ils sont sujets aux moqueries de la population.

Certains nous ont laissé des monuments si fabuleux et si grandioses qu'ils sont devenus très célèbres. Les plus connus en France sont Le Facteur Cheval,

Raymond Isidore dit Picassiette, Pierre Avezard et Robert Tatin. Mais il en existe d'autres, beaucoup d'autres, qui restent dans l'anonymat. Peut-être au coin de ta rue…

•

**Ferdinand CHEVAL (dit Le Facteur)** 1836-1924 : c'est en faisant sa tournée de facteur, un matin de 1879, que Ferdinand Cheval trouve un caillou aux formes étranges. À partir de ce jour-là, il décide de construire un immense palais en utilisant les belles pierres de sa région (la Drôme). Pendant vingt-cinq ans, il va patiemment charrier des pierres et construire (« en 10 000 journées, 93 000 heures et 33 ans d'épreuves ») son PALAIS IDÉAL. En 1912, tout est terminé et son palais devient rapidement une curiosité suscitant l'admiration de milliers de visiteurs. En 1969, André Malraux, Ministre de la Culture, fera même classer le PALAIS IDÉAL comme monument historique.

•

**Raymond ISIDORE (dit Picassiette)** 1900-1964 : ancien fossoyeur, il achète en 1928 un terrain près de Chartres et commence à y construire sa maison. Comme il n'a pas assez d'argent pour daller le sol, il se met à récupérer des faïences brisées et compose un sol de mosaïque. Pris de passion pour la mosaïque, il recouvre alors toute sa maison (cuisine, chambres, meubles, jardin, chaises, puits...) de morceaux d'assiettes cassées.

•

**Pierre AVEZARD** (né en 1901) : vacher à Fay-aux-Loges dans le Loiret, il a consacré tous ses moments de loisir à la construction d'un gigantesque manège mécanique aux sujets articulés... Autour de ce carrousel fait de matériaux de récupération, il a construit pour les enfants un grand parc d'attraction gratuit.

•

**Robert TATIN** (1902-1984) : tour à tour maçon, tailleur, pâtissier, marchand de charbon, peintre en bâtiment... Robert Tatin aura une vie bien remplie. Après un voyage au Brésil (où il reste trois ans pour travailler la sculpture et la céramique), il rentre en 1962 au pays natal et y achète une vieille ferme « La Frênouse » à Cosse-le-Vivien. Il s'emploie alors à la transformer en un univers magique peuplé de statues et de céramiques. En douze ans de labeur, il en fait un monde étrange, fascinant où démons et « Dragon » côtoient Adam et Ève.

# Lexique

*Grenache* (p. 50) : vin doux qu'on boit en apéritif ou au dessert avec des gâteaux.

*Empéguer* (déformation d'un mot provençal, p. 53) : couvrir de colle, encoller.

*Gaffet* (p. 79) : désigne en provençal l'apprenti qui aide l'ouvrier.

*Magnum* (p. 82) : grosse bouteille (généralement de champagne) et contenant 1,6 litre environ.

*Caillasses* (p. 89) : en Provence, pour dire cailloux, on parle souvent de « caillasses ».

*Mortier* (p. 94) : mélange de ciment et de sable, délayé avec de l'eau, qu'on utilise en construction pour lier des pierres.

## Table des matières

## Dans la même collection

MILAN POCHE JUNIOR

2 • *Histoires pressées* de Bernard Friot
3 • *Pour l'amour d'un cheval* d'Alim Hekmat
4 • *Rock'n Loup* d'Hervé Debry
5 • *Le 13* de Gérard Moncomble
6 • *La Nuit de la sorcière* d'Hélène Montardre
7 • *L'Heure de la momie* de Claudine Roland
8 • *Romain Gallo contre Charles Perrault* de Gérard Moncomble
9 • *Le Mouton Marcel* de Jean-Luc Coudray
10 • *Les Oiseaux du Mont Perdu* de Michel Cosem
11 • *Le Satellite venu d'ailleurs* de Christian Grenier
12 • *Les Neiges rebelles de l'Artigou* de Michel Cosem
13 • *Fabuleux Romain Gallo* de Gérard Moncomble
14 • *Objectif Terre !* de Robert Boudet
15 • *Au pied du mur* d'Hélène Montardre
16 • *Le Pionnier du Nouveau Monde* de Michel Piquemal
17 • *La Bague aux trois hermines* d'EBP
18 • *Le Commando des pièces à trous* de Pierre Coran

## Dans la même collection

MILAN POCHE CADET

1 • *Un amour de pharaon* de Didier Dufresne
2 • *Souviens-toi d'Abel Zébutte* de Didier Dufresne
3 • *Un ogre pour s'endormir* de Marc Cantin
4 • *Un génie malicieux* de Romain Drac
5 • *La Fleur de pluie* de Romain Drac
6 • *La Récré de la sorcière* de Maryvonne Rebillard
7 • *La Nuit de toutes les couleurs* de Frédéric Lenormand
8 • *Je veux ma photo dans le journal* de Gérard Moncomble
9 • *Adolphe, aux pieds* de ! Marc Bataille
10 • *Le Pirate couve la grippe* Cantin
11 • *Malika et le Grand Manitou* de Geneviève Noël
12 • *Un fantôme très rigolo* d'Amélie Cantin
13 • *Une histoire à dormir debout* de Frédéric Lenormand
14 • *Le Mouchoir voyageur* de Do Spillers
15 • *Voyage entre les pages* de Christine Molina
16 • *La Blague la plus drôle du monde* d'Arnaud Alméras
17 • *Le Cèdre de Chine* de Romain Drac et Christian Jolibois
18 • *Paris-sur-Mer* de Valérie Bœhrer
19 • *Le Loup qui voulait manger le Père Noël* de Robert Ayats
20 • *Opération Sapins* de Romain Drac
21 • *Une vache encombrante* de Marie Dufeutrel et Grégoire Horveno
22 • *Le Roi des cochons* de Christine Molina
23 • *La Voix du djembé* de Do Spillers
24 • *Une faim de loup* de Marc Cantin

Achevé d'imprimer
par France-Quercy, à Cahors
n° d'impression : 91491
Dépôt légal : 3e trimestre 1999
Loi 49-956 du 16 juillet 1949
sur les publications destinées à la jeunesse